講談社文庫

京都船岡山アストロロジー

望月麻衣

JN051562

講談社

CONTENTS

KYOTO Funaokayama Astrology

京都船岡山アストロロジー

登場人物

イラスト おかざきおか

三波《みなみ》 茜《あかね》

高屋の先輩。ファッション誌から異動してきた。新撰組が大好き。

真矢《まや》葉子《ようこ》

『ルナノート』デスク。遠距離恋愛を実らせて結婚。大阪に転勤して10年になる。

高屋《たかや》 誠《まこと》

入社2年目。中高生向け占い雑誌『ルナノート』担当。占い嫌い。

耕書出版

船岡山珈琲/書店

柊《しゅう》

書店の隣にある『船岡山珈琲店』で働いている。24歳の金髪イケメン。

神宮司桜子《じんぐうじさくらこ》

高校2年生。祖母が経営する『船岡山書店』を手伝っている。小説家志望。

雄三《ゆうぞう》

桜子の祖父。英国紳士のような風貌。『船岡山珈琲店』マスター。

京都船岡山アストロロジー

第一章　ナポリタンと第一ハウス

1

どこか雑然としたオフィス。各々の机の上は書類なのか資料なのか、はたまた本当はゴミなのか分からない紙の束や本が積まれている。その様子はまさに自分がイメージしていた通りの『出版社』の姿。憧れ続けた場所だ。

なのだが――。

こんなはずじゃなかった。

高屋誠《たかやまこと》は、両手で自らのこめかみを押さえてうな垂れる。

一、二、三、と数えて気を取り直そうと顔を上げ、指先で少しだけ下がった眼鏡を定位置に戻した。

何を取り乱しているのだ。

『こんなはずじゃなかった』というワードを何遍繰り返したところで、事態が変わるわけではない。

世の中、自分のしたい仕事に就ける人間なんて限られている。たとえ、第一志望の会社に就職できたとしても、希望の部署に配属されるとは限らない。それだけの話。

だが、この会社ならば、と思っていた。

そう、真面目で質の良い雑誌や単行本、新書を作ることで知られている『耕書出《こうしょ》版』ならば、どんな部署に配属されても良いと心から思っていた。

さまざまな部署で経験を積み、いつかは憧れの雑誌『匠《たくみ》のストーリー』に携わることができたらと。

「…………」

高屋は、自身のデスクについた状態で、天板の上にある雑誌を眺め、眼鏡の奥の目を細める。

星やハートが鏤《ちりば》められ、目がチカチカして、そのまま失神してしまいそうだ。星々には目鼻がついている。いや、鼻はない。目と口だけがついていた。

「……鼻は、ないんだな？」

目と口があって、どうして鼻がないのだろうと、目を凝らす。

宇宙空間は寒いという話だから、鼻がない方が良いと考えたのかもしれない。

雑誌を手に、まじまじと眺め、『ルナノート』という名前をあらためて見て、高屋は額に手を当てた。

『ルナノート』は、中高校生を対象にした、占い雑誌だ。

イラストがふんだんに使われている。

『夏に向けて、恋パワーを蓄えよう！』

『意中の彼をとりこにしたい！　そんなあなたには、このおまじない』

『クラスメイトには負けない、おしゃれアイテム情報』

それらの見出しを確認して、高屋はパタンと雑誌を閉じた。

……駄目だ。文芸書ばかり読んでいたのだ。

畑違いの自分には、何もかもが耐えられない。

まさか硬派な耕書出版に、こんな浮ついた雑誌を刊行する部署があるとは。

そして、この自分がそこに配属されるとは。

問題はそれだけではない、と高屋は振り返って窓の外を眺める。

眼下には賑《にぎ》やかな通りがあった。都会的だが、東京都内とはまた違う雰囲気。

大阪、梅田だ。

高屋は、ふっ、と自嘲気味な笑みを浮かべる。

入社してすぐに、文芸雑誌編集部に配属された。

これは幸運だと思った。

文芸書は、文芸雑誌に連載され、単行本となり、やがて文庫本となる。

高屋はこの伝統的な流れを理想としていた。配属されるのならば、雑誌から単行本、文庫とそれらを作っていく編集部で経験を重ね、やがて『匠のストーリー』を作っている情報雑誌編集部へ、と考えていた。

辞令を受けた際、頭の中でのプラン通り、『文芸雑誌編集部』に配属が決まった時は、自分には『引きの力があるのでは』と思った。

一度配属が決まったら、約三年は同じ部署だろう。

石の上にも三年、がんばらなければ、と拳を握ったものだ。

こうして、高屋誠の順風満帆な編集者人生が幕を開けた——と思っていたのだが、翌年の春に辞令を受けることになった。

たった一年。あまりにも早い異動に驚きながらも、自分には引きの力がある——と、その時は思い込んでいた。

もしかしたら、単行本を作る『文芸編集部』に行けることになったのかもしれない、と期待に胸を躍らせながら、辞令を確認した。

だが、そこには『大阪支社』の文字。

目を凝らし、そして瞑《つぶ》った。もう一度目を開けて、二度、いや、三度確認した。

大阪、福岡、札幌《さっぽろ》に小規模な支社がある。主にその地区をまわる営業をメインとしていて、編集部は、地域に根付いたローカルなものを作っている印象だ。

地方の支社など、自分には関係がないと思い込んでいた。

正直な気持ち、嫌だった。もっと言うと、全力で嫌だった。

大学生の時も入社してからも自宅から通っていた。東京を出たことなど、数えるほどしかない。結婚するまで、自分は実家を出ないだろうと思っていたのだ。

とはいえ、自分はもうサラリーマン。

そんな甘いことを言っていられる身分ではない。

一生、大阪ということは絶対にない。平均三年、長くても五年で再び異動だ。

もしかしたら今回の異動のように来年には、戻れるかもしれない。

これも経験と自分に言い聞かせて、大阪にやってきた。

そうして一週間。

高屋はまだ慣れていなかった。

*

「せや、高屋君、チームはどこやねん」

五十代の編集長兼支社長が、突然ぶっきらぼうに訊《たず》ねてきた。

彼はにこやかな丸顔に太めの体。少し早口で、いつもスポーツ新聞を手にしている。その風貌は、どこから見ても『関西のオヤジ』だ。

彼の名前は、丸川哲也《まるかわてつや》。

皆から『マル編集長』という愛称で呼ばれている。だが、本人がいないところでは、『マル長』と呼ばれているのを最近知った。

「え、チーム……？」

彼が何を言っているのか分からず、高屋は目を瞬《またた》かせる。

自分はずっと文学畑で育ち、運動部に入ったことがなく、どこかのチームに所属などしたことがない。

「ほら、マル編集長、高屋君が固まってますよ。いつも質問をはしょりすぎ」

ころころと愉《たの》しげに笑って言うのはデスク長。ショートヘアにほっそりとしたスタイルにパンツスーツ。自信に満ちたオーラを纏《まと》う彼女は、まさしく『編集者』という雰囲気だ。四十代前半ということだが、そうは見えない若々しさを持つ女性だ。

彼女の名前は、真矢《まや》葉子《ようこ》。

皆からは『デスク』、『真矢さん』と呼ばれていた。

マル編集長は、「ほんまやな」と笑って、前のめりになる。

「野球や。野球のチーム。どこを応援してんねん」

野球に興味はない。だが、即座に『ありません』というのは、社会人としてコミュニケーションを遮断しすぎだろう。

祖父が熱烈に応援していたチームを思い浮かべて、高屋はにこやかに答える。

「巨人です」

「敵やないか！　これやから東京もんは！」

「え、敵だなんて、そんなつもりでは……」

おろおろしていると、真矢が苦笑して言う。

「高屋君、気にしなくていいから。それより、仕事仕事」

「あ、はい」

失敗した、と高屋は少し落ち込みながら、天板の上の雑誌、『ルナノート』に再び目を落とす。

大阪支社に配属された日、マル編集長にこう言われたのだ。

『あんたは若いし、ルナとメシやな』と――。

何のことだろうと思った。女性と食事に行けと言っているのだろうか、と困惑したが、すぐに理解した。

『ルナノート』というティーン向けの雑誌、そして『お洒落《しゃれ》メシ』というグルメ誌の関西版を担当することになったのだ。

高屋は再び額に手を当てる。

東京生まれ、東京育ち。大阪は観光でも来たことがなかった。よく知らないなかで、大阪人の馴《な》れ馴《な》れしさ――もとい、人との近すぎる距離感に苦手意識さえ持っている。

そんな自分が、大阪のど真ん中と言っても過言ではない梅田のオフィスにいる。そのうえ、目がチカチカするような子ども向け雑誌を手掛けることになってしまった。

なんてことだ。

一寸先は闇、青天の霹靂《へきれき》、俯《うつむ》きながらぶつぶつと呟《つぶや》いていると、

「それに続くのは、『瓢簞《ひょうたん》から駒』かな？」

頭上で声がして高屋は、弾《はじ》かれたように顔を上げた。

いつの間にか側に来ていた真矢が、にっ、と口角を上げている。

「……あ、いや」

無意味な、しかも愚痴に近い独り言を聞かれてしまい、高屋は顔を背ける。

「高屋君、大阪には慣れた？　こっち来て一週間よね。東京から来たなら、戸惑うことも多いわよね」

真矢は潑剌《はつらつ》とした口調でそう続ける。元々は彼女も、高屋と同じ東京出身者だ。

「あ、はい、いや、まだ」

「どっちなのよ」

「すみません」

まだ、慣れてないです、と心の中で続ける。

「たしかオフィスの近くに住んでいるのよね？」

「はい、一応」

「一応？」

実家住まいだった高屋にとって、一人暮らしははじめてだ。物件探しの余裕もなく、とりあえず職場近くのウィークリー・マンションに身を寄せている。そのうちにどこかにちゃんと部屋を借りるつもりだ。

そうした自分の事情を伝えようとするも、上手《うま》く言葉が出てこない。

対人関係は得意ではない。異性はさらに苦手だ。

「ウ、ウィークリー・マンションに」

「ああ、とりあえず、仮住まいしてるわけね。それじゃあ、物件探し中？」

真矢は即座に状況を理解して、話を続ける。

こういう人が話し相手だと、幾分か楽だ。

「はい」

だが、迷いもあった。なるべく早く東京本社に戻りたい。今回の異動もあっという間だったし、またすぐ異動になるかもしれない。

それなら、このままウィークリー・マンションでも良い気もする。

「もしかして、初めての一人暮らしだったり？」

「そうです」

「食事とか大変じゃない？　ついコンビニ食になりがちかもしれないけど、野菜は摂《と》るようにした方がいいわよ」

祖母のようなことを言ってくる真矢に、高屋は苦笑して相槌《あいづち》をうつ。

彼女の言う通り、すでにコンビニ食ばかりだ。

だが、忠告に従って野菜を摂る気にはなれない。高屋は野菜が苦手なのだ。

「あの、デスクは、いつ大阪に？」

話題を変えようとぎこちなく訊ねると、彼女は「『真矢さん』でいいわよ」と笑い、指を折って数えた。

「もう十年になるかしら。この雑誌は創刊から携わっているし。そうそう『ルナノート』は元々、関西のローカル雑誌だったのよ。それが今じゃあ全国誌にまでなってくれて……」

感慨深そうに洩《も》らしながら『ルナノート』を手にした。

「十年っ！」

高屋はゴホッとむせ、口に手を当てる。

そんなことになったら大変だ。

すると向かい側に座っていた女性編集者が「ねぇねぇ」と声を掛けてきた。

「高屋君はどうして、この『耕書出版』に？」

彼女は二つ上の先輩だ。

名前を三波茜《みなみあかね》という。ぱっちりとした目が印象的で、可愛《かわい》らしい雰囲気だ。セミロングの髪はウェーブがかかっていて、常に流行のファッションに身を包んでいる。いつも気合の入ったメイクにネイルカラーをしている彼女は編集者というよりも、モデルのようだ。

高屋は彼女を苦手に感じていた。

だが、彼女には、意外な一面もあった。

彼女は『新撰組《しんせんぐみ》』が大好きだという。華やかな女子といった雰囲気の彼女が、硬派な新撰組が好きだというのには、驚かされた。元々歴史好きで、さらに刀剣を擬人化したゲームから、新撰組に嵌《はま》ったそうだ。

「それは……祖父が神田で小さな書店を経営しておりまして」

高屋がおずおずと話し始めると、真矢と三波は黙って次の言葉を待った。

「自分は子どもの頃から、本が身近でした」

誕生日やクリスマスのプレゼントはいつも図書カードであり、それをまったく不満に思わないくらい、本が好きな子どもだった。

「祖父は常連さん、一人一人の好みを把握してまして、その人が好みそうな新刊が入荷されたら、取り置きをしていました。新規のお客様の好みもしっかり聞いて、本を勧めたりしていたんです」

真矢が、素敵ねぇ、と熱っぽく洩らす。

「はい、そんな祖父の職人のような仕事ぶりは、口コミで広まりまして、耕書出版の『匠のストーリー』の取材を受けました」

憧れの原点はそこにあった。

『匠のストーリー』は、『華々しい世界で活躍する者だけがヒーローではない』というコンセプトのもと、町工場のプロフェッショナルや、土木業界のエキスパート、印刷会社のスペシャリストといった、一般的にはさほど知られていない『匠』に焦点を当てていた。

その雑誌に祖父の仕事ぶりが紹介されたのは、自分が中学生の頃。

タイトルは、『神田の本のソムリエ』。

祖父が載った誇らしさはもちろん、何よりその記事に涙が出るほどに感動したのをよく覚えている。

その日から、自分は将来は『耕書出版』に就職し、雑誌『匠のストーリー』を作る編集者になりたいと思ったのだ。

「へぇ、そうだったんだ」

話を聞き終えた三波は、うんうん、と頷《うなず》く。

「あの……三波さんは、どうして弊社に？」

「同僚に向かって、『弊社』って」

三波は小さく噴き出す。

すぐに、私はぁ、と甘ったるい声を出しながら頬杖《ほおづえ》をついた。

「うちの会社が作るファッション誌が好きでね。絶対、耕書出版に入社して、自分が流行を作っていくんだ！　って思ってたの」

彼女が言う通り耕書出版が刊行しているファッション誌も人気が高い。その部署は東京本社であり、ここ、大阪支社ではない。

彼女も高屋と同じく『ルナノート』を担当していた。他にも関西ローカルのファッション誌やスイーツを取り扱っている雑誌の関西版を手掛けている。彼女も自分と同じで、いつか希望していたところに行きたいとがんばっているのかもしれない。

「いつか希望が叶《かな》うと良いですね」

まるで自分に言うように高屋がつぶやくと、三波はぱちりと目を見開いたあとに、また噴き出した。

なぜ彼女が笑ったのか分からず、高屋はぽかんとしながら眼鏡の位置を正す。

「あ、ごめんね。入社してすぐに希望は叶ったの。一年間そのファッション誌にいて、今はここね」

「えっ、たった一年ですか？」

するると少し離れたところに座っていたマル編集長が声を上げる。

「高屋君、聞いてや。三波ちゃんはなぁ、なんと専属の看板モデルと大喧嘩《げんか》して追い出されたんやでぇ」

「ちょっと、マル長、もっとオブラートに包んでくださいよ！」

「『マル長』言うたらあかん。ホルモンみたいや。ほんで浪速《なにわ》にオブラートなんてもんはあらへんで。せやけど、あれや。ビブラートならあるでぇぇぇ」

語尾にビブラートをきかせて編集長は言う。

三波は「はいはい」とすぐに顔を背けた。

彼女の事情を聞きながら、高屋の心は切なさに襲われた。

希望の部署に配属されたのに、たった一年でそこから離れてしまうなんて……。

同情心と共に、モデルと喧嘩するなんて、社会人としてどうなんだろう、とも思う。

もし自分ならば、そんなことで夢に見た場所を手放したりしない。

高屋がそんなことを思っていると、「それはそうと」と真矢が話を戻した。

「高屋君は、いつか『匠のストーリー』を作っている編集部にいきたいわけね」

はい！　と、力強く答えると、

「そのためには、目の前のことをがんばらないとね」

真矢は、高屋の背中をポンッと軽く叩《たた》いて、『ルナノート』を差し出す。

「……はい」

高屋は引《ひ》き攣《つ》った顔で、雑誌を受け取った。

脳内では、激しく拒否をしながらも頷くことしかできない。それが社会人だ。

「そうそう、午前中の会議で決まったように、高屋くんには、当面WEBサイトのチェックと、連載小説を担当してもらうから」

「あ、はい」

『ルナノート』には公式サイトがある。雑誌は創刊八年になるが、サイトは二年前にできたばかりだそうだ。星占い情報に小説やイラストなどを投稿するコーナーもあった。小説投稿コーナーで大人気となったクリエイターの新作を、この四月から雑誌『ルナノート』の巻末に掲載している。

その担当を、高屋が任された。

これは、救いだ、と心から思う。中高校生が夢中になる占いやおまじない、ファッションには微塵《みじん》も興味が湧かないが、小説となると話は別だ。太宰治《だざいおさむ》愛読者の自分。きっと良質で面白い小説を中高校生に届けることができるだろう。中高校生ならば、宮沢賢治《みやざわけんじ》風の良質なファンタジー作品も良いかもしれない。

「連載小説は読んでみた？」

「あ、今から読もうと思っていました」

これは嘘《うそ》ではない。どんな作品を担当できるのか、楽しみだった。

真矢が見守る傍らで、高屋は巻末ページを開く。

タイトルは『花の嵐』。題名から、世界三大悲劇と呼ばれるエミリー・ブロンテ作の『嵐が丘』を連想させた。

「もう、うちらはヤバいよ。一緒にいられない」

「そんなこと言うなよ」

彼が壁ドンしてきた。

うちは壁ドンに憧れていたから、マジでビックリした。

「俺たち、離れ離れになんてならないだろ？」

この後、うちらは駆け落ちした。


「…………」

ザッと掲載分を最後まで読み、高屋は目を凝らす。

何か違うものを見た気がしてならなかったからだ。

「どう？」

真矢に問われて、高屋は首を捻《ひね》ったまま視線を合わせた。

「どうって……、これは『小説』、いえ、これが『連載小説』なんですか？」

そうよ、と真矢はあっさり頷く。

「『ルナノート』の公式サイトには、小説を投稿できるコーナーがあるでしょう？この作品を書いてる投稿者『美弥《みや》』さんは、開設してすぐに作品の投稿を始めてくれたんだけど、たちまち読者がついて、今や絶大な人気を誇っているの。『公式作家コンテスト』を投票制にしてみたら、ぶっちぎりでトップでね」

「それで、この作品が雑誌に……」

「そう。この春から美弥さんを公式作家として迎えて、連載をスタートさせたというわけ。現役の学生が書いているようだから、なかなかぶっとんでるでしょう？」

はぁ、と高屋は呆然《ぼうぜん》としながら、相槌をうつ。

「でも、ぶっとんでるが故の魅力というのもあるのよ」

その魅力は、高屋には分からなかった。

「……それで、自分は、何をすれば？」

「美弥さんのサポートね。原稿は、メッセージアプリで来るから、それをチェック。チェックというのは、誤字脱字はもちろんだけど、気をつけなきゃいけないのは差別用語。時々びっくりするような単語を使ってくるから」

「あの、校正部にチェックしてもらわないんですか？」

「あそこは忙しいから、このくらい自分のところでやってくれって言われちゃってる」

肩をすくめた彼女に、なるほど、と高屋は頷いた。

自分が校正部の人間だったら、同じように思いそうだ。

「そんなわけで担当編集者であるあなたがしっかりチェックしてほしいの。そうそう、誤字脱字と差別用語以外は、なるべく修正をしないように気を付けて」

えっ？　と高屋は訊《き》き返した。

「それでは、原稿の中身はほとんど変えないということですか？」

「そうよ。さっきも言った通り、ぶっとんでるが故の魅力を損なってほしくないのよ」

高屋は、はぁ、と洩らしながら、ノートを開いて今言われたことをメモに取る。

『原稿↓メッセージアプリで届く』

まず、このこと自体が衝撃だ。

基本的に、原稿はメールに添付されたデータファイルで届く。マイクロソフトのＷｏｒｄはもちろん、一太郎を愛用している作家も多い。

テキストデータを使用しているケースもあった。だが、メッセージアプリは初めてだ。これからの時代はそうなっていくのかもしれない。

はぁ、と高屋は息を吐き出して、今一度連載小説ページに目を落とす。

ラストにＱＲコードがついていて、『あなたも美弥さんに続け！　夢の公式作家へ！　投稿サイトはこちら』と記載してあった。

「それじゃあ、がんばってね」

デスクは自分の席へと戻っていく。

彼女が自分の許《もと》から離れたのを確認してから、

「こっちが、『マジでビックリした』だ……」

高屋は額の前で手を組んで、うな垂れた。

「そうそう、高屋君」

向かい側に座る三波に声を掛けられて、高屋は慌てて顔を上げた。

「明後日《あさって》、取材に付き合ってほしいところがあるの。本当は私一人でもいいんだけど、マル長が『高屋君も同行させたって』って」

「分かりました。それで、どちらに」

「京都」

京都、と聞いて少し胸が躍った。

同時にマル編集長が、『高屋君も』と言ったわけが分かった。

京都が好きだと伝えていたのだ。京都は、祖父母が好んでいて、共に何度か観光に訪れているので、大阪よりも馴染《なじ》みがある。

ちょうど桜の時季。良い景色が見られるかもしれない。

「北区に話題の『西洋占星術師』がいるのよ。『船岡山《ふなおかやま》アストロロジー』といってね」

占星術師と聞いて、思わず顔が強張《こわば》る。

『ルナノート』の担当になり憂鬱を感じているのは畑違いというだけではなく、そもそも自分は占いが好きではないのだ。

雑誌の片隅に載っている星占いコーナー程度ならまだ可愛いものだが、実際に占い師に会いに行くとなれば、話は別だ。

「常に受け付けているわけではないのと人気もあって、なかなか予約が取れないところなのよ。三ヵ月前に予約を取って、ようやくその日を迎えるの。伝説の占い師に会えるのが楽しみで」

三波は目を輝かせて言う。

ちなみに『アストロロジー』は、占星術のことだ。

「伝説の占い師って……」

大層な言いように高屋の顔が引きつる。

そんなにも人気なのだろうか？

「ああ、伝説というのはね、一般的な話じゃなくてうちの編集部でのことなんだけど」

その言葉に高屋は、うちの？　と訊き返す。

「真矢さんをはじめ、何人かそこで視《み》てもらっているのよ。良かったという話を聞いていて私もずっと行きたいと思ってて。あっ、『胡散臭《うさんくさ》い』って顔してる」

「いえ、その……すみません」

「それにね、その占星術師、姿を現さずに占ってくれるそうなのよ。ミステリアスでしょう？」

「姿を見せずに？」

それはいかにも怪しい占い師という感じだ。

「もしかして、自分も、この編集部の一員として視てもらえと？」

焦りながら問うと、三波は、ううん、と首を振った。

「占い鑑定してもらうのは私だけ。あなたは、勉強のために見学ね」

はあ、と高屋は気のない返事をする。

占い師の許に行くのは、気が進まない。

だが、自分が鑑定を受けないのならば、まだ良いだろう。

「それで、京都市北区のどの辺りでしょうか？」

「名前そのままで、船岡山の近くよ」

「船岡山？」

京都は何度も訪れていて、それなりに詳しいと思っていたが、『船岡山』と聞いてもピンと来ず、高屋は首を振る。

「えっ、知らない？　かの『建勲神社《たけいさお》』があるのに？」

その神社の名前も、聞いたことがあったかもしれない程度だ。

「有名な神社なんですか？」

「織田信長《おだのぶなが》を祀《まつ》っていてね、刀剣ファンの聖地なのよ」

なんでも、織田信長の愛刀『宗三左文字《そうさんさもんじ》（義元左文字《よしもと》）』と『薬研《やげん》藤四郎（再現刀）』が所蔵されているそうだ。刀にちなんだ御朱印もあるという。

「場所は、『船岡山珈琲《コーヒー》店』ってところですって。予約は午後三時。私、今日から出張でここには戻らないから、明後日、午前十一時に駅で待ち合わせしましょう。それまでに占い師の先生に持っていくお土産を買っておいてほしいの。お土産はそうね、エシレのフィナンシェがいいかな。阪急に売ってるから」

午後三時からなのに、結構早くに待ち合わせるのだな、と思いながらも、

「分かりました」

と高屋は素直に頷いた。

2

「――マジでやばい。なにこれ」

雑誌を持つ手が震える。

両サイドにキレイに結ったツインテールも揺れている。

そんな彼女を見て、老婦人は冷ややかに言った。

「桜子《さくらこ》、書店員が立ち読みしたらあかん」

初老の婦人は、番台のようなカウンターで、呆《あき》れたように息を吐き出す。

「だって、お祖母《ばあ》ちゃん、マジでありえないから、こんなの」

神宮司《じんぐうじ》桜子は勢いよく板張りの階段を上り、『ルナノート』を祖母の前に置く。

「はい、七百円やで」

祖母はにっこり笑って、右手を出した。

「……バイト割引とかないの？」

「うちにはそないなもんあらへん」

「それなら、バイト代から引いておいて」

桜子がぶっきらぼうに言うと、京子《きょうこ》は「冗談や」と笑って、棚の裏から新しい『ルナノート』を出した。

「これ、耕書出版さんから見本誌をもらってるんや。これを棚に出すから、立ち読みしたのをあんたにあげるし」

ありがと、と桜子は側にある椅子に腰を下ろして、パラパラと雑誌をめくった。

ここは、京都市北区——船岡山近くにある小さな書店だ。

場所は鞍馬口《くらまぐち》通という情緒と生活感が混在している通りにある。『鞍馬』という名がつく通りだが、左京区の山奥にある鞍馬からはかなり離れていた。

ざっくり場所を伝えると京都御所（御苑《ぎょえん》）の北西側だ。

店名は、近くの山の名をそのまま使った、『船岡山書店』。カウンターが番台のようなのはここが元は銭湯であり、今は書店に改装されているためだ。

高いところから客を見下ろす形になって申し訳ないが、防犯上も都合良いと書店のオーナーであり桜子の祖母、神宮司京子は言っている。

船岡山書店は、十時開店だ。今は九時半で、開店前の作業に勤《いそ》しんでいた。

京子はレジのチェックを、桜子は、入荷した雑誌や書籍を棚に出している。

桜子は十七歳。高校二年生だが、今は春休み中。

お小遣いが欲しいため、店の手伝いをしている。

気持ちを仕事モードに切り替えられるよう、白いカッターシャツにグリーンをベースにしたギンガムチェックのキュロット、そして黒いエプロンを制服としていた。

これは、隣接している喫茶店『船岡山珈琲店』の制服と一緒だ。

喫茶店は、祖父・神宮司雄三《ゆうぞう》が経営している。

白髪に、綺麗《きれい》に整えた白い口髭《くちひげ》。タータンチェックのベストに黒いスラックス、黒いエプロンをして、コーヒーを淹《い》れる姿は、ダンディだと評判だ。

加山雄三《かやまゆうぞう》と同じ名前だったため、若い頃は『若大将』と呼ばれていたが、今は普通に『マスター』と呼ばれている。

外ではカッコつけている祖父だが、隣の家に入ると、途端に作務衣《さむえ》姿で畳に転がっていて、祖母にいつも怒られている。

――それはそうと、

「つたく、本当に信じられない」

桜子は今一度、雑誌のページをめくって、口を尖《とが》らせながらぶつぶつと言う。

「サクちん、何が『信じられない』って？」

階段から足音がして、青年が姿を現した。

「お兄」

彼の名前は、柊《しゅう》。

年齢は二十四歳。船岡山珈琲店で働いている。

金色に染めた髪。ふんわり柔らかな物腰と、顔立ちが整った目を惹《ひ》く容姿をしているので、珈琲店には、彼目当ての女性客も多い。

だが、今は、センスの悪いよれよれのTシャツを着て、髪はぼさぼさだ。

今日のTシャツには、達筆風の文字で『生きるということは、息するだけではないんだなぁ』と、格言めかして、実に当たり前のことが書かれている。

「お兄のその姿、お兄ファンに見せてやりたいね。百年の恋も冷めるよ」

「ギャップ効果で、さらに人気が出たりして」

柊はいひひと笑う。笑うと見える八重歯がいたずらっぽい印象を与える。

「何がギャップよ。顔くらい洗ったんでしょうね？」

桜子が横目で睨《にら》むも柊は気にも留めていない様子で、笑顔のままだ。

「うちのサクちんは、怒った顔も可愛いね」

呑気《のんき》なんだから、と桜子は鼻息を荒くして、腕を組む。

珈琲店の開店は今日は十一時なので、柊の方は時間に余裕があるのだ。

あらためて説明をすると、この建物の一階の店舗は、書店と喫茶店が入っている。銭湯だった頃の造りをそのまま活《い》かし、男湯と女湯で分けていた。向かって右側が書店、左側が喫茶店だ。

二階は、かつては『玄武寮』という学生寮で、部屋が四つあった。

なぜ、玄武なのかは、近くに玄武神社があるから。この北区界隈《かいわい》は、北の守護神・玄武のお膝元なのだ。

とはいえ、もう学生寮ではない。

そのうちの二部屋を家族用住宅にリフォームし、雄三、京子、桜子の三人が住んでいる。柊は、隣のワンルームで一人暮らしをしている。

残りの一部屋は空いていて、ここだけはアパートとして機能していた。

現在、入居者募集中だ。

希望者は常に来るのだが、雄三、京子、柊、桜子の四人が『入居させても良い』と思った人でなければ、断るようにしている。あまりに店舗や家と密接なため、合わない人が住むのはトラブルの元になるためだ。

だが、雄三も京子も柊も、基本的にゆるい。誰に会っても『いいんじゃない？』と言う。厳しい目を光らせているのは桜子だった。

ここ最近の桜子は、自らの企《たくら》みにより誰が来ても反対している。

桜子は、自分がその部屋を使いたいと考えていた。

一人暮らしに憧れているけれど、離れたところでの完全な一人暮らしは不安だ。

ここならば、店舗の上であり、何より同じ階に身内が住んでいる。

桜子にとって、これほどの優良物件は他になかった。

手厳しい祖父母（特に祖母）は、住む以上は孫であろうとも家賃をもらうと言っているが、バイト代でなんとかなるほど、家賃は激安。理想的な環境ではないか。

本当は今すぐにでも一人暮らしをしたかったけれど、『高校生のうちはあかん』という京子の厳しい言葉と、『桜子ちゃんがいなくなったら、お祖父《じい》ちゃん寂しい寂しいやで。せめて高校生のうちは一緒にいてや』という雄三の言葉を受けて、今は諦めざるを得なかった。

高校を卒業したら即刻、一人暮らしを始めたい。それまで一部屋空けた状態を確保しておきたいのだ。

「で、サクちんは、何をぷんぷんしてたの？」

そうそう、と桜子は板張りの階段を降りて、『ルナノート』の巻末を開いて見せる。

「これ、見てよ。今月から公式作家の連載がスタートしたんだけどね」

「これが？」

「ありえないでしょう？　こんなの『小説』じゃないじゃん。見てよ、この一文」

桜子は『マジでビックリした』を指差す。

「こんなの信じられない、マジでありえない」

捲《まく》し立《た》てる桜子に、柊と京子は顔を見合わせた。

「桜子、あんたも今、『マジでありえない』て言うてるやん」

京子が言うと、桜子は勢いよく振り返る。

「話し言葉ならいいの！　だってこれ、地の文だよ？」

「痔《じ》の文？」

小首を傾《かし》げる柊に、桜子は冷ややかな視線を向ける。

「今、明らかに違う『ジ』のことを言ってるでしょう？　『地の文』っていうのは、文章で会話以外の説明や心理描写の部分のこと。信じられないよ。もしこの、『マジでビックリした』って気持ちを書くなら、たとえば『私は驚きから言葉を失った』とか、『あまりの驚きに私は閉口し、大きく見開いた目で彼を見つめ返した』とかさ、そういう感じにしないと。単純すぎてビックリだよ！」

柊は、ふぅん、と洩らして、連載小説に目を向ける。

「でも、この文でなんとなく全部伝わるよ。それってすごいかも」

「馬鹿なことを言わないで！」

桜子は勢いよく頭を振る。ツインテールが、ぶんぶんと揺れて、柊の頬を打った。

痛い、と柊は頬に手を当てる。

その様子を見ながら、京子が番台カウンターに座ったまま、ふふっと肩を揺らす。

「まぁ、小説家志望の桜子からしたら、そうなんやろ」

柊は、あれ？　と小首を傾げた。

「この前、なんとかって賞に落選して、小説家はもう諦めるって言ってなかった？」

「諦めようと思ったわよ！」

けどね、と桜子は肩を落とす。

「やっぱり私、小説を書くのが好きなの。どうしても書きたい、そして誰かに読んでもらいたいから、これまで敬遠してたWEB小説を始めてみようと思ったの」

「敬遠って、どうして？」

素朴な疑問を投げつけて話の腰を折る柊に、桜子は「だって」と口を尖らせる。

「書いたものをすぐに誰かに読んでもらえるんだよ。でも、それに満足したらダメな気がして」

ストイックやねぇ、と京子は感心したように言う。

「でもね、もう諦めたから、私もWEB小説を始めてもいいかなって、色々と調べてみたの。そしたらこの雑誌の公式サイトの投稿小説コーナーが良さそうだなって」

桜子はエプロンのポケットからスマホを取り出して、公式サイトを表示させる。

投稿できるのは小説だけではなく、イラストなども受け付けていた。

「ここね、操作も簡単で読者からの反応が早いんだって。それってモチベーションも上がるじゃない？　しかも！　ここのサイトで人気が出た人は、公式作家になって、雑誌にも掲載されることになるの。それって、もしかしたら本にもなるかもしれないってことでしょう？　今月号から公式作家の新作連載がスタートすると知って、楽しみにしていたの。そしたらこれよ！」

桜子は、ばんっ、と少し乱暴に雑誌を叩く。

「桜子、雑誌かて本や。本を乱暴に扱ったらあかん」

桜子はばつが悪そうに、腕を組んで顔を背ける。

それじゃあさ、と柊は人差し指を立てる。

「サクちんはそのサイトに小説を投稿しようと思ってるんだよね？　それなら、実力を見せつけてやればいいんじゃないかな」

「えっ？」

「公式作家が悔しくなるくらいのもの書いてみるとかさ」

その提案は満更でもなかったようで、桜子の口角がみるみる上がっていった。

「そうだね。それは名案かも」

桜子は強く拳を握り締める。

「そうだよ。誰もが唸《うな》るような作品を書いて、公式作家の美弥が、『参りました』ってひれ伏すような作品を投稿しよう。で、サクちんはしっかり、『私は驚きから言葉を失った』とか『あまりの驚きに私は閉口し、大きく見開いた目で彼を見つめ返した』とか書いちゃおうよ」

「わざわざ、さっきの例文を持ち出さないで」

桜子が顔をしかめていると、京子は冷ややかな視線を向けた。

「ええから、桜子。はよ、本を棚に出しよし。あんたはバイトやで」

「あ、はい。それにしてもどうして本って毎日のように届くかな。棚出ししってもはやパズルゲームだよ」

桜子はぶつぶつと洩らしながら段ボールの蓋を開けて、本を出していく。

文芸雑誌を手にして、桜子は眉根を寄せた。

自分が落選した小説賞を設けている雑誌だった。

「あとで落選しちゃった原稿を手直ししてＷＥＢに投稿するんだ。そしたら耕書出版の人がやってきて、『神宮司桜子さん、あなたこそ本物だ』って言ってくれるかも……」

雑誌を手にぶつぶつと洩らしていると、頭上で声がした。

「サクちんの頭ん中、『単純すぎて、ビックリ』」

先ほどの桜子の言葉をそのまま言う柊に、

「うるさい、お兄！　仕事の邪魔なんだけど」

桜子は、手で払いのけながら声を上げた。

3

今日は三波の取材に同行する日だ。

高屋は頼まれていた土産を買おうと、一時間前にオフィスを出ていた。

東京生まれ、東京育ちなので、都会に気後れすることはない。

だが、大阪梅田だけは別だ。

エシレは『阪急』にあるということで、向かってみるも『阪急三番街』、『阪急17番街』、『阪急メンズ大阪』、『阪急うめだ本店』と梅田は阪急が目白押しだ。

「阪急とは……」

ネットで調べると、指定のお菓子が売っているのは、『阪急うめだ本店』のようだ。

よし、と地下街を歩いてそこに向かおうとするも、どうにも辿《たど》り着《つ》けない。

地下が入り組んでいる。工事しているところも多い。

「これが、噂《うわさ》に聞く梅田ダンジョン……」

焦ることはない。地下に迷ったら、地上に出れば良いだけのこと。

そう思い、地上に出るも建物は見えるのに、向こうへは渡れないのだ。

見えるのに辿り着けない。まさに、都会の蜃気楼《しんきろう》。

くらりと眩暈《めまい》を覚え、高屋は額に手を当てる。

ここに来て思った。東京都内は看板が親切だったと。知らない駅でも看板さえ確認していれば、目的地に着ける。

だが、大阪——いや、梅田はどうだ？

まるで『知っていて当たり前』とでも言うような様子。新参者への配慮など感じられない。『分からへんのやったら、聞いたらええやん』とでも言いたげだ。

「……仕方ない」

気が進まなかったが、駅員に訊ねて、なんとか買い物を済ますことができた。

さて、待ち合わせは駅だったはず。

駅に向かおうとして、高屋は足を止める。

「駅とは……」

簡単に言ってくれるものだ。ここは、駅ひとつとっても、『梅田駅』、『大阪梅田駅』、『大阪駅』と、近い範囲に犇《ひし》めき合《あ》っている。

三波との約束の時間が迫っていた。

……どの駅だ？

社会人として、首都から来た者として、迷子になるわけにはいかない。

焦っていると、三波からメッセージが入った。

『高屋君、迷ってない？　大丈夫？』

その一文を前に、高屋は救われた気持ちになりながら、

「……はい」

思わず口にして、梅田怖いです、と声にならない声を上げてスマホを握り締めた。

三波が言っていた駅とは、梅田駅でも大阪梅田駅でもなく、大阪駅だった。

大阪駅から京都駅まで快速で約三十分。そこからまっすぐ目的地に向かう場合京都市営地下鉄烏丸線《からすません》に乗り換えて、『鞍馬口駅』で降りる。だが今日はその前に、せっかく京都まで行くのだから、他の占い師の取材もするという。

早い時間に出たのはそういうことだったのか、と高屋は納得した。

「ところで鞍馬口って……鞍馬山《くらまやま》の？」

本当は『天狗《てんぐ》の？』と言いかけたものの鞍馬山に訂正し、高屋は隣のシートに座る三波を見た。

電車の二人掛け車両のスペースは決して広くなく、彼女の甘い香りがどうにも居心地の悪い気分にさせる。

三波は小さく笑って、ううん、と首を振る。

「鞍馬寺《くらまでら》の方とは全然場所が違うよ。北大路通よりも南で、普通に町中なの」

「では、どうして『鞍馬口』という名なんでしょう？」

「うーん、それは知らない」

三波は面倒くさそうに答える。

そうですか、と高屋はスマホを取り出して、『鞍馬口』を検索する。

京都には、『鞍馬街道』という古街道がある。その道はかつて、京都御所から鞍馬寺を結んでいたそうだ。鞍馬口は、まさにその起点だという。

なるほど、と首を縦に振っていると、三波が少し上体を乗り出した。

「調べたの？　どういうことだった？」

はあ、と高屋は今検索した情報を三波に聞かせる。

彼女は、へぇ、と洩らして、すぐに興味が失《う》せたように、上体を戻した。

「高屋君って、絵に描いたようなマジメ青年よね」

それはよく言われることだ。最初は褒められていると思ったが、今は決してそうではないのを感じている。

「そんなマジメくんが、一体何をしたの？」

彼女の質問の意図が分からずに、高屋は「えっ？」と訊き返す。

「だって、入社して最初の配属から一年も経《た》たずにこの大阪支社に異動してきたわけじゃない。あなたも私みたいに何かトラブルを起こしたわけ？」

いいえ、と高屋は強めに首を振った。

「自分は、それこそマジメにやっていたと思います」

文芸雑誌編集部は大変ではあったが、やりがいがあった。

何より文芸を愛する自分にとって夢のような仕事だった。まだ本にもなっていない原稿に触れられるのだから。

「それじゃあ、そこの編集長に嫌われちゃったとか」

「……そうではないと信じたいです」

自分は、編集長と話が合っていると思っていた。編集長も太宰治の愛読者で、休憩時間、よく文芸の話をしたものだ。

「編集長って、なんて人だった？」

「大平邦夫《おおひらくにお》さんです」

ふんわりと温和な雰囲気の中年男性だ。

ああ、と三波は手を叩く。

「大平さん。それなら、人を嫌ったりとかはなさそう」

「ご存じでしたか？」

「研修の時にとても良くしてくれたのよ。私が問題起こした時に、『大丈夫ですか？』ってメールもくれたりして。いい人よね。それから、ちょくちょく私も報告をしたりしてるの。社内のお父さん的存在というか」

「たしかに、大平さんはそんな感じですね」

彼はとても包容力がある。自分も心の中で、父のように慕っていた。

大平編集長にだけは、誰にも話さないようなことまで、話してしまっていた。

「ちなみに、大平さんって、うちのマル長と同期だって」

ぼんやりと思いを馳《は》せていたが、三波のその言葉に高屋は我に返った。

「全然違いますね」

自分で言っておきながら、それはそうだろう、と苦笑する。同期だから似ていると
いうことはない。

「まぁねぇ、うちのマル長は、元々営業上がりだし、文芸畑の大平さんとは同期とは
いえ雰囲気は全然違うよね。でも、意外と仲良いみたいよ。マル長と大平さん」

それはさすがに意外だった。

「それで大平さんは、あなたが異動する時に、何か言ってた？」

高屋は、ええ、と洩らす。

『高屋君。大阪文社で君の人生が大きく開けるかもしれないよ』

辞令を受けて、ショックを受けている自分に、彼はそう言ったのだ。

三波に伝えると、そっかぁ、と腕を組んだ。

「もしかしたら、大平さんは、高屋君に殻を破ってほしかったのかもね」

「殻を？」

「真面目で凝り固まった感じだから、一度大阪で揉《も》まれてほしかったとか。変わってほしかったとか」

「……ですが、自分は変化なんて望んでいないんです。平和で平穏なのが一番だと思っていて」

「えっ、平和で平穏なんて退屈じゃない？」

そう言えるのは、平和で平穏な日常を壊されたことがないからですよ。

高屋は心の中でそう答えて、窓の外に目を向ける。

平和で平穏な家庭だった。

それがちょっとしたことをキッカケに、簡単に崩壊していった。

祖父母に拾われて、自分は救われたのだ。

平穏でありたいと願うのは、至極当然だろう。

「ねっ、『ルナノート』のWEBサイトのチェックは、大丈夫そう？」

表情が曇ったのを察したのか、三波は即座に明るい口調で、話題を変えた。

高屋も気を取り直して「はい」と返す。

そもそも、専門的なことはプログラマーの管轄だ。

高屋は、投稿されるコメントや作品、届く質問などのチェックをしている。

とはいえサイトの場合は、差別用語等々はNGワードとして表示されなくなるので、細かなところまで見なくても概《おおむ》ね問題はない。

「つい作品を読んでしまうんですよ」

「いいじゃない。それも仕事だし」

だが、冒頭だけ見て引き返してしまうことがほとんどだ。そのことはあえて口にはしなかった。

そんな中でも――。

「新規で投稿された作品の中で、なかなか良いものもあって……」

パッ、と三波は顔を明るくさせる。

「そういうのを見付けられるって、醍醐味《だいごみ》じゃない？」

はい、と高屋はぎこちなく頷く。

「で、それって、どんな作品なの？」

そう問われて高屋はスマホを取り出し、指先で操作してから、これです、と画面を見せる。三波は顔を近付けた。

『柵』というタイトルが表示されている。

「タイトル『サク』っていうの？」

渋いわね、と彼女は洩らす。高屋は静かに答えた。

「おそらく、『しがらみ』だと思います」

4

『船岡山書店』は、午後二時から夕方まで客足が遠のく。

そのため、桜子はその時間は休憩をしていた。家に戻る時もあれば、バックヤードや隣の『船岡山珈琲店』で買った本を読むこともある。

「──最悪」

今日は、バックヤードで過ごしていた桜子は、手にしていたスマホをテーブルの上に置いて、突っ伏した。

書店のバックヤードはスチール製の棚に段ボールが犇めき合い、テーブルが一つと、トイレに続く扉がある。とても小さなスペースだ。

珈琲店との間にあるので、双方の休憩室となっている。

喫茶店の方はランチタイムを終えて、今日は夕方までは一時閉店だ。いつも中休みがあるわけではなく、曜日によって変えている。週末は基本的に一日中営業していた。

　祖父は昼寝をするといって上の自宅に戻り、柊はバックヤードでアイスバーを食べていた。

「どうした、サクちん。アイスバー食べないの？　あの有名な『フルーツパーラークリケット』のアイスバーだよ？　フルーツのプロっていう名店の絶品アイスだよ」

　柊がアイスバーを見せながら訊ねると、

「うるさい」

「え、ひどい」

　眉を下げる柊の横で、

「桜子ちゃん、どうしたの？」

　書店唯一のパート、佐田智花《さたともか》が優しく問うた。

　パートといっても、彼女はまだ二十代。ほっそりとして、穏やかで品のある綺麗な女性だ。

　元々は関東の人間で京都の大学に進学し、その後この界隈でイタリアンレストランを営む男性と結婚して、近くに暮らしているそうだ。夫のレストランは人が足りているのと、彼女自身本が好きということから、書店で働いていた。

「……文学賞に落選した作品を修正して、WEB投稿サイトに載せたの」

桜子が突っ伏したまま答えると、柊は「智花さんには言うんだ」と口を尖らせる。

智花は、あっ、と思い出したように手を打った。

「前に話していた、『ルナノート』の投稿サイト」

そう、と桜子は顔を上げて、頬杖をつく。

「落選したって言っても、二次選考まで行った作品だし、他の作品よりレベルが高いと自分では思ってたんだけど、全然読まれないし、たまにコメントついたと思ったら、『読みにくい』とかそんなんばっかで……」

「えっ、どんな感じ？」

そこまで言って桜子はむくりと顔を上げて、スマホを差し出す。

「これ」

智花はそっとスマホを受け取って、画面に目を通した。柊も横から顔を出す。

「タイトル、『柵《サク》』っていうの？」

画面に表示された作品タイトルを目にした智花は、小首を傾げながら訊ねた。

「あ、ううん、『しがらみ』って読むんだ」

そうなんだ、と智花は頬に手を当てる。

「振り仮名がないと『サク』だと思っちゃいますね」

その言葉に柊が、うんうん、と頷く。

「それにさ、『しがらみ』でも『サク』でもいいんだけど、『柵』っていう漢字一文字のタイトルを見掛けても、読みたいとは思わないよねぇ」

「柊さん、そんなにハッキリ言ってしまいます？」

智花は頬を引きつらせ、柊はハッとしたように口に手を当てる。

桜子は髪の毛を逆立てるような勢いで、柊を睨みつけていた。

「柊さん、タイトルはさておき、大事なのは中身ですよ」

「だね。傑作を読ませてもらおうか」

「そうですね」

智花は人差し指をスライドさせて、ページをめくった。

第一章【漆　黒】

目が覚めたらそこは暗闇だった。ズキズキと頭が痛い。ここがどこなのかを認識する前に自分が何者かに殴られたことを思い起こした。いつもの学校の帰り道、足音が近付いてきたと同時に後頭部に衝撃を感じて、そのまま意識がない。気を失ってしまったようだ。後頭部に手を当ててみる。今も脈打つように痛い。分かりやすく腫れ上がっているが血は出ていないようだ。一体誰が？　その前にここはどこなんだ？

漆黒の闇に包まれていた。夜だからというわけではなさそうだ。夜にはこんな闇は作り出せない。こんな完全な暗闇を作り出せるのは窓のない部屋だろう。

立ち上がってみる。手に触れた床はヒヤリと冷たかった。コンクリートに違いない。叫んで誰かを呼びたいという気持ちと、それを止める自分が存在した。無闇に声を上げて大丈夫なものなのだろうか？　そして自分は声を出せるのだろうか？

確かめるように、咳払《せきばら》いをしてみる。ゴホッと出た咳。その音が鈍く響く。まるで洞窟の中にでもいるようだった。完全な暗闇もやがて少しずつ目が慣れていく。てっきり閉鎖された小部屋にいるのかと思っていたが、どうやらここは広い空間であることに気が付いた。

ひとつの画面に文字がギュウギュウに詰め込まれた状態で、ここまでが表示されていた。

「どう、ドキドキするでしょう？」

桜子が自信たっぷりに前のめりになって問う。

「……うーん」

智花と柊は、眉根を寄せながら、同時に唸る。

そんな二人の様子を無視して、桜子は立ち上がってスマホを取り返す。

「まだ、ここでは触れていないけど主人公には記憶がないの。だから自分が何者かもわからない。このシチュエーション、島田《しまだ》荘司《そうじ》先生の『異邦の騎士』を彷彿《ほうふつ》とさせるでしょう。彼は一体何者なのか、どこで目覚めたのか、これからどんなドラマが起こるのか!?　絶対にワクワクする冒頭。それなのにコメントはこればっかり！」

『ちょ、読みにくｗ』

『作者さん、がんばってるｗｗ』

『絶対、作者、闇好きなやつｗ』

そんな感想が連なっている。どれにももれなく『w』が付いていた。

「…………」

智花はそっと口に手を当てたが、柊は素直に噴き出した。

「ちょっと、笑わないでよ！」

「本当に『闇』って漢字好きそうだと思って」

柊は今も笑ったままだ。だが、智花は口から手を放して、拳を握る。

「桜子ちゃん、この雰囲気、すごくいいと思う。続きが気になるし」

「本当？」

「うん。ただ、なんていうか、これがWEBのせいなのかな？　目が滑るというか」

智花が言いにくそうに告げるも、桜子は『すごくいいと思う』の一言に舞い上がり、頬を赤らめながらスマホを胸に抱いた。

「おーい、サクちん、『目が滑る』って、いいアドバイスもらえてるよー」

柊が口の横に両手を添えて呼びかけるも、桜子は聞こえないかのような素振りをしている。

まぁ、いいじゃないですか、と智花は微笑《ほほえ》みながら、バックヤードの壁にかかっているホワイトボードに目を向けた。

そこには、カレンダーとスケジュールが書き込まれている。

今日の日付のところに、『アストロロジー、客』と書き込まれていた。

「あれ、今日って占いのお客さんが来るんですね？」

そうそう、と柊はホワイトボードに目を向ける。

「今日の二時半と三時」

どちらも午後のこと。時計を見ると、もう午後二時十五分を過ぎていた。

「それじゃあ、先生をお呼びしなきゃですね」

智花はそう言って、ふふっと微笑んだ。

5

船岡山珈琲店にいるという占い師の許に向かうまでに、二人の占い師に会った。

一人目は手相占い。

三波は、愉しげに手相を視てもらっていた。

知能線と感情線の始点が離れているから、好奇心旺盛で行動力があるとか。

高屋はというと眉唾ものだと思いながらも、一人目の手相占いに関しては特に嫌悪感も抱かずに付き添うことができた。

もちろん自分も視てもらいたい、などとは思わないが金額が良心的であり、占ってもらっている三波がとても楽しそうだったためだ。

二人目が最悪だった。

『霊感占い』と看板を掲げているところだ。そこは、最初に料金を支払うシステムのようで受付でお金を支払ってから占い部屋に入る。

占い師は中年の女性でどっかりと大きな椅子に座っていた。一人で立ち上がることができるのだろうかと思わせるほどに太っている。

彼女は、三波を見るなり、ふん、と鼻を鳴らした。

『あんた、悪いもの肩につけてるね』

えっ、と三波は目を見開く。

『あんたがここに近付いてきてから、私の肩も重くなって大変。あんたは人の多いところにいるでしょう?』

驚いている三波に向かって間髪を容《い》れずに占い師はそう訊ねる。

職場は梅田だ。当然人は多い。

三波は戸惑いがちに、はい、と答える。

『あんたは、誤解されやすいけど、根が優しいから、周辺の色んなものをもらってきちゃうんだよね。肩凝りとか感じているでしょう』

『は、はい。すごく』

三波は、自分の肩に手を当てながら何度も頷く。

『それはね、肩凝りだけじゃない。負の念をもらってるの。今なんてものすごいよ。それ、祓《はら》っていかないと、どんどんマイナスのエネルギーに引きずられて、運気が悪くなるよ』

吐き捨てるように言う彼女に、三波は前のめりになった。

『ど、どうすれば良いですか』

『今からやってあげるから。別料金かかるけど、やらなきゃ駄目だわ。ここで一旦、祓って、また二週間後に見せにおいで――』

そう言って彼女が数珠のようなものを取り出した時、気が付くと高屋は、三波の手首をつかんでいた。

『帰りましょう、くだらない！』

くだらない？　と占い師が目を剝《む》いた。

戸惑う三波の手を引いて、立ち上がらせる。

『この罰当たり、悪霊に取り憑《つ》かせてやる！』

という叫び声を背中に聞きながら、部屋を後にした。


「びっくりしたなぁ、高屋君にあんな一面があったなんて」

三波は通りを歩きながら、思い出したように言って、ふふっと笑う。

すみません、と高屋は小声で言って肩をすくめた。

「ううん、助けてくれたんでしょう？」

それについては明言せずに、高屋は曖昧に会釈した。

「高屋君、占いとかダメなタイプだった？」

「……好んではいないです」

「まぁ、私たち世代なら仕方ないか。結構インパクトの大きい事件があったもんね」

まさか、核心に触れてくるとは思わず、高屋の心臓が嫌な音を立てた。

「あの時、話題になった占い師の女の子……『ヒミコ様』って言ったっけ。すっごく可愛かったわよね。私たちと同世代だったから、あの子ももう成人してるのよね」

今頃、どうしてるんだろうね、と三波は独り言のように洩らす。

口の中に苦いものがこみ上げ、高屋は何も答えられなかった。

そんな高屋の心中を察したのか、三波はするりと話題を変える。

「それじゃあ、行こうか」

京都駅から直接向かうなら地下鉄の方が早いのだろうが、あちこち寄り道をしたため、バスに乗ることにした。

『建勲神社前』という停留所で降りると、三波は嬉々《きき》として振り返る。

「ねっ、まだ時間があるし、せっかくだから、お詣《まい》りしていこうよ」

高屋は、そっと腕時計に目を落とす。

予約は三時からで、今は二時を過ぎたところ。

「そうですね」

気乗りしないような口調で頷いたが、実のところ神社仏閣は好きだった。

占い師の許に向かうよりずっといい。

建勲神社は、船岡山の中腹にある。

そのため、結構な石段を登らなくてはならない。

階段を半分まで上った頃には、高屋の額に汗が滲《にじ》み始めていた。

しかし三波の足取りは軽快だ。一段前を歩きながら、明るい口調で話す。

「建勲神社の主祭神は、あの織田信長なんだけどね、この神社は、織田信長の功績を讃《たた》えて明治になってから創建されたんですって。ちなみに『けんくん』の愛称で知られているけど、本当は『たけいさお』って言うのよ。金閣寺とかもそうだけど、京都って愛称の方が有名になるものよね」

ペラペラと説明しながらも息が上がっていない彼女を見ていると、自分の運動不足を突き付けられた気になり、悔しさを覚える。

高屋はなるべく、息を切らさないように訊ねた。

「随分、詳しいんですね……。そういえば、刀剣ファンの聖地でしたっけ？」

ここには、織田信長の愛刀『宗三左文字（義元左文字）』と『薬研藤四郎（再現刀）』が所蔵されていると話していた。

「それもそうだし、私、大学では史学を専攻してたの」

歴史が好きだと聞いていたが、史学を専攻していたのは少し意外だった。これまた彼女の華やかな雰囲気から想像がつかない。人は見掛けによらないものだ。

階段を上りきると、三波は振り返って、指を差した。

「見て、なかなかの見晴らしよ」

高屋はもはや息切れを隠せず、何も答えられないまま、そっと振り返る。

汗ばんだ前髪が、吹き抜ける風にそよいだ。同時に木々に囲まれた向こうに、京都の町が広がっているのが目に飛び込んできた。

京都には高い建物が少ないため、うんと高いところから見下ろしている気分になる。

青い空、木々の緑、その向こうに広がる古都の眺めは、ここまで上ってきた疲れを忘れさせた。

「さぁ、本殿を詣りましょう」

本殿に向かって歩くと、左側に大きな石板が見えてきた。そこには『敦盛《あつもり》』の一節が刻まれていて、まさに織田信長を祀っている神社だと実感する。

砂利が敷き詰められた境内を歩きながら、高屋は顔を上げた。

さらに高いところにある本殿は、堂々とした佇《たたず》まいだ。

「ここは大願成就で知られているの。信長っぽいでしょう」

三波のそんな言葉を受けて、高屋は強く柏手《かしわで》を打つ。

――一刻も早く本社に戻れますように、と心から願った。

その後、三波は刀にちなんだ朱印を受けて、境内を後にする。

山を下り、東に向かって歩く。

鞍馬口通は、雰囲気のある店が点在しながらも、あくまで住宅街という雰囲気で、観光地というよりも、地域に根付いた文化を思わせる。

このサブカルっぽい雰囲気は、東京で言うと、西荻窪《にしおぎくぼ》だろうか。

そんなことを思っていると、やがて唐破風《からはふ》の屋根のどっしりとした建物が見えてきた。情緒のある建物の前の鉄柱の上に、白地に黒文字の看板がついている。

そこには『船岡山』とだけ書かれていた。

扉は二つ並んでいる。向かって右側が書店で、左側が喫茶店となっていた。

三波は、わぁ、と目を輝かせた。

「素敵ね。本当にお風呂屋さんの時の店構えを活かしているんだ」

「お風呂屋さん？」

「ここは元銭湯だったんですって」

へえ、と洩らして、高屋はあらためて店構えを視る。

そう聞くと、銭湯そのままだ。

「少し早めに入って、遅めのランチでもと思ったんだけど、もう約束の時間だわ」

三波は腕時計を確認しながら、残念、と洩らす。

あと十分で、午後三時。食事をしている時間はないだろう。

もし時間があったとしても、この喫茶店は基本的に、昼は午前十一時半から午後二時までで、営業再開は、夕方五時と書かれている。その休憩時間にここは占いの場となるようだ。扉には『アストロロジー、午後三時からのお客様は、五分前にお入りください』と書いている。今は、先客がいるのだろう。

三波は、バッグからデジカメを出して、建物の写真を撮っている。

すると、ちりん、とドアベルが鳴って、中から人が出てきた。長い髪をツインテールにし、ゴシック&ロリータファッションを身に纏っている、二十代半ばくらいの女性だ。黒いドレスに、真っ赤なリボンが印象的だった。

わお、と三波は声に出さずに口を動かす。

「今の人、私たちの前のお客さんなのかな？　なんだかお客さんというより、あの人こそ占い師っぽいというか魔女っぽい雰囲気よねぇ。さっき話してた『ヒミコ様』が大きくなっていたなら、あんな感じだったりしてね。でも、『ヒミコ様』の目はもっとクリッとしていたわよね」と、小声で耳打ちをする。

高屋はというと目を大きく見開いて、立ち去っていく女性の後ろ姿を見送っていた。

「高屋君、見惚《みほ》れてたみたいだけど、ああいう個性的な感じ、好みだったり？」

高屋は勢いよく振り返って、三波を睨む。

「な、何を言っているんですが、今のは相笠《あいがさ》くりす先生ですよ！」

「アイガサ・クリス？　なんだか、アガサ・クリスティみたいね」

三波は、ふふっと笑う。

「その名をもじってるんです！」

へぇ、と三波は相笠くりすの後ろ姿に目を向け、グッと拳を握った。

「やっぱり、著名人がアドバイスを求めに来るのね。楽しみだわ」

「気になるのはそこですか……本来、販元の自分たちが、作家に会ったなら、ご挨拶をするべきでしょうに」

自省を込めてつぶやくと、あら、と三波は目を瞬かせる。

「今の人、うちでも書いてくれてるの？」

「ええ、弊社でもミステリを何作も刊行しています。ベストセラー作家ですよ」

「そんな人が占いに来るなんて、ますます楽しみ」

三波は愉しげに言う。

あんなに神社に詳しかった三波だが、作家には興味がないようだ。出版社の人間として、大丈夫なのだろうか、と心配になる。

「あっ、もう時間ね。入りましょう」

三波は軽い足取りで、扉を開ける。

「……さっきあんな目に遭ったのに、懲りていないんですか？」

高屋は小声で言って、彼女の後に続いた。


店内に足を踏み入れて、驚いた。

元銭湯だけあって高い天井は、縦横に区画されている。

これは、格《ごう》天井と呼ばれていて、社寺や書院などに用いられるもの。

壁にはグリーンにオレンジの模様が彩られた和製マジョリカ（錫釉《すずゆう》色絵陶器）タイルが貼られている。木製のテーブルと椅子、ところどころにソファー席があり、片隅には、焦げ茶色のアップライトピアノが置いてあった。

「お店そのものが、アンティークみたいね」

三波は店内を見回しながら、しみじみと洩らす。

客の姿はなく、いるのは二十代の男性がただ一人だ。

金色の髪をヘアピンで留め、白いシャツに黒いエプロンをしている。

テレビに出てきそうな、甘い顔をしていた。

「いらっしゃいませ、三波様ですね？」

彼はにっこりと屈託のない笑顔でこちらに歩み寄ってくる。

「はい、そうです、三波ですっ」

三波の声が一オクターブ高くなっていた。

「こちらでお待ちください」

彼は奥のソファー席を案内した。

そこは少し不思議な席で、端に天井からビロードのカーテンがかかっていた。

そのカーテンの色は、マジョリカタイルに合わせているのか、モスグリーンだ。

三波と高屋は向かい合って座る。

支払いは前金ということで、三波は千円札を三枚、彼に差し出した。

三十分、三千円。相場はよく分からないが、高くはないのかもしれない。

「占いには、お飲み物がサービスでつくんです。こちらから選べますので、もし良かったら。お連れ様も」

彼はメニューを出した。コーヒーや紅茶だけではなく、カフェオレやココア、ジュースなども選べるようだ。

三波はアイスカフェオレ、高屋はアイスコーヒーをオーダーした。

結構、歩いてきたので、二人揃《そろ》って冷たいものを欲していたのだ。

「かしこまりました。少々お待ちください」

そう言って彼は、メニューを手に背を向けた。

ややあって飲み物が運ばれてきて、二人は彼に礼を言って、各々口に運んだ。

「はー、こんなところに、あんな金髪イケメンがいるなんて、大収穫ね」

三波は熱っぽく洩らしながら、ストローを口に咥《くわ》える。

「大収穫って……」

肩をすくめて、高屋もストローを口に運ぶ。ほろ苦いアイスコーヒーは、火照った体を心地よく冷やしてくれた。

店内には自分たち以外誰もいなかったが、居心地の悪さは感じない。静かに音楽が流れているせいだろうか。こういう落ち着く雰囲気は好みだ。

「ねっ、高屋君、あれ見て」

三波が指差す方向に顔を向けると、『入居者募集』という張り紙があった。

この建物の二階に部屋があり、現在空いていると書いている。

『店舗二階のため、希望してくださってもお断りをすることがございます。あらかじめご了承ください』という一文も目に入る。それはそうだろうな、と高屋は苦笑した。

騒がしい人間が入ってきたりしたら、営業妨害だろう。

そんなことをぼんやり思っていると、

「……三波茜さんですね。お待たせしました」

カーテンの向こうで女性の声がして、三波と高屋はびくんと肩を震わせた。

「『船岡山アストロロジー』の星読みです」

その声は女性だった。声からは年齢がよく分からない。少し低く、ゆっくりとしていて落ち着いている。

そういえば、姿を現さないという話だった。

店員がここに案内したのは、ここが占いのための専用席だったのだろう。

星読みは、カーテンの向こうで、姿を見せずに占うということだ。

「では、生まれた場所、時間も含めて、生年月日を――」

はい、と三波は答える。

「××年六月十七日、午前九時四十五分の東京生まれです」

「ありがとうございます。では、出生図をパソコンのソフトを使って出しますね」

カーテンの向こうでカチャカチャと、キーボードを打つ音がする。

手が止まると、今度はプリンターが動く音がした。

「――当『船岡山アストロロジー』は、星読み鑑定をしつつ、西洋占星術を少しでも知ってもらいたいというスタンスです。まずは、三波さんの知りたいことをうかがって、占星術についての説明を交えて、お伝えしたいと思っています」

三波は真摯な表情で聞いている。

「まず、三波さんは何を知りたいですか？」

ええとぉ、と三波は天井を仰いだ。

「実は最近、自分がちょっと分からなくなってしまったんです。それで、出生図から見たら、自分はどんな人間なのか、教えてもらえたらと思いまして」

ふむ、とカーテンの向こうで星読みが相槌をうったのが分かった。

「鑑定に来られるお客様の中に、『自分が分からない』とおっしゃって来られる方は多いです。そもそも占星術というのは、『自分を知る』こと、すべての基本だと私は思っています」

「すべての基本？」

「ええ、どこかに向かうとしても、自分が今どこに立っているか分からないまま動き出しては、迷子になってしまうでしょう？」

「あっ、たしかにそうですね」

それでは、と彼女は続けた。

「ご自分の出生図を見てください。こちらがあなたの出生図です」

カーテンとカーテンの間から、スッと紙が出てくる。手袋をしているため、これまた年齢が分からない。

これが三波の出生図。円形でケーキを切るように十二等分されているが、大きさは均等ではない。向かって左端の三角に『1』と印がついていて、下に『2』と続いている。それを見ても、何も分からず、高屋と三波は小首を傾げた。

「三波さんの場合、太陽星座が双子座で、月星座は蠍《さそり》座」

円の中の『1』というスペースが、第一ハウスだという。

「そして第一ハウスには星がありませんが、第一ハウスは、乙女座ですね」

三波はよく分かっていないようで、はぁ、と気の抜けた声を出す。

「この出生図から読み解いていくと、あなたは情報収集能力に長《た》け、流行《はや》りにも敏感。そうした部分を活かすことで、運気を呼び込む暗示です。

第一ハウスが乙女座なので、幼い頃は何事にも真面目で几帳面《きちょうめん》でコツコツ努力するタイプだったと思いますが、成長と共に快活になっていったようです」

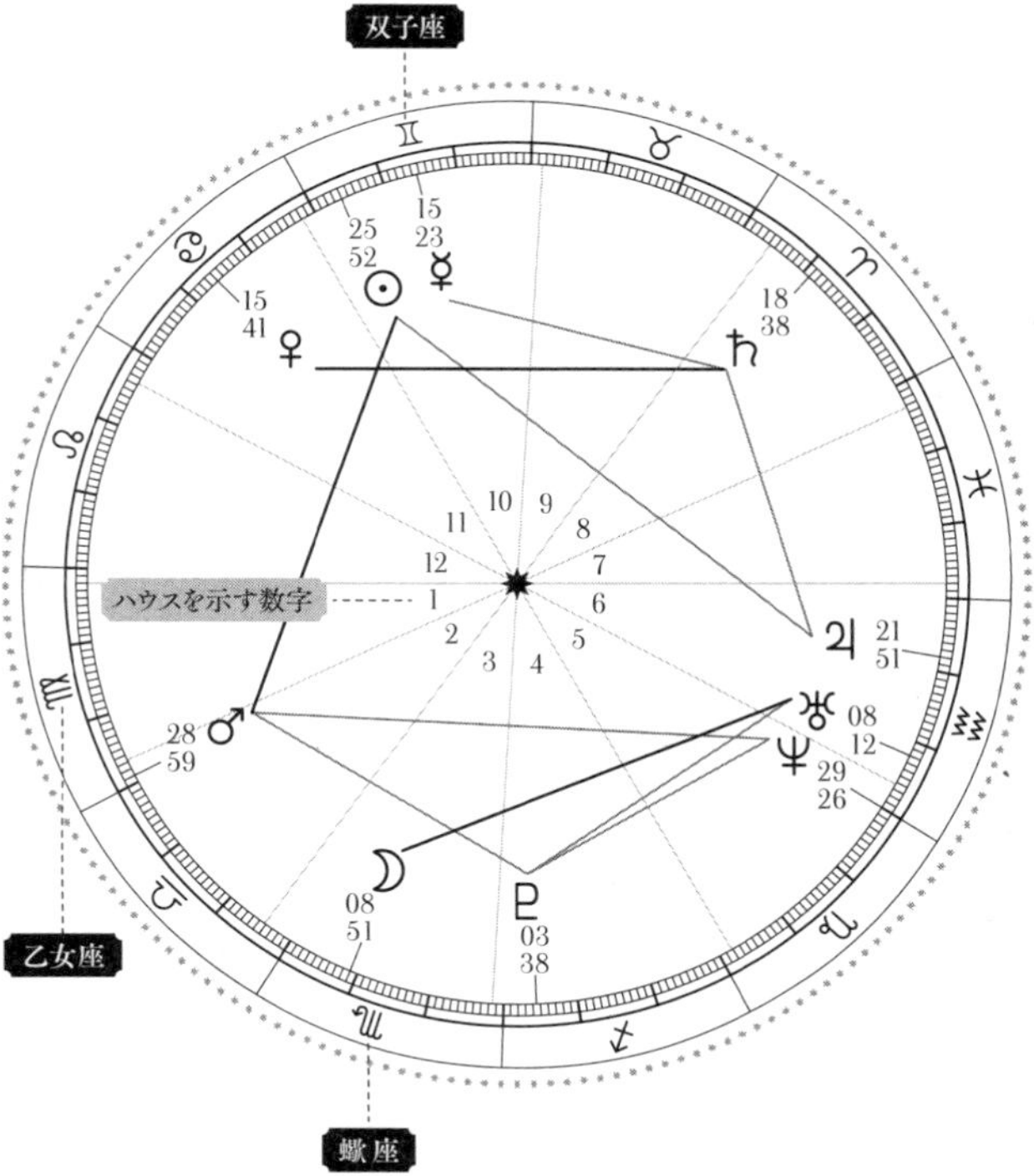

☉ 太陽　☽ 月　☿ 水星　♀ 金星　♂ 火星

♃ 木星　♄ 土星　♅ 天王星　♆ 海王星　♇ 冥王星

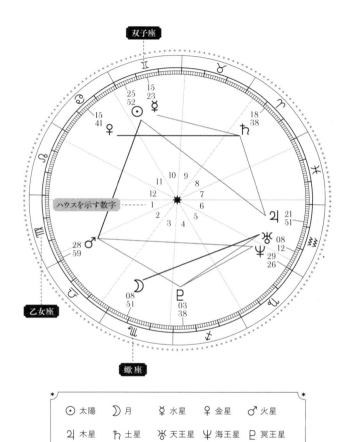

「ええと、それはつまり、最初は乙女座っぽい人間で、途中から変わっていったということですよね？」

それってどういうことですか？　と問うた三波に、星読みは答える。

「自分自身を示すのが第一ハウスなんです。持って生まれた性質もそうです」

「そこが、私は乙女座……」

「そうです。ざっくりと言うと乙女座は表に出ずに、仕事を完璧にこなす、優秀な秘書タイプ。一方、あなたの表看板である太陽は双子座。なので、成長と共にその要素が強く出てくる傾向にあります。双子座は向学心、好奇心が旺盛。積極的で自己主張がハッキリしているタイプです」

まったく違うじゃないか、と話を聞きながら、高屋は顔をしかめる。

さらに星読みは、乙女座と双子座の説明を続けた。

乙女座は、才気と鋭い観察眼があり、冷静な分析能力を持つ。自ら表に出ようとはせずに、人をサポートする縁の下の力持ち。そこがまさに秘書タイプだという。

それが双子座に変わるというのは、乙女座から引き継いだものをそのままに表舞台に出て、積極性を発揮する。

ひとしきり話を聞いた後、そうなんです、と三波は熱っぽくつぶやいた。

「私、高校くらいまで表に出たくないタイプで、コツコツ勉強して、人知れずクラスメイトのサポートをするような大人しいタイプだったんですよ。それが、大学の途中から急に社交的になってきたんです。自分では普通に『大学デビュー』かなと思っていたんですけど、それってそういうことだったんですね」

そんな三波を見ながら、高屋はそっと目を細めた。

わざわざ自分から情報を与えなければ良いのに……、と心から思う。

同時に三波が、大人しいタイプだったというのに驚いた。

星読みは、ええ、と少し嬉《うれ》しそうな声を出す。

「また、あなたの場合、行動力を示す火星を見ると、太陽と鋭い角度を取っています。考えるよりも先に体が動いてしまったり、時に暴走してトラブルに発展することもあるので、お気を付けください」

はっ、と三波は口に手を当てた。

思い当たることがあるようだ。

「実は、就職して希望の部署に配属されたのに、変な正義感が爆発してしまって」

「変な正義感？」

と、高屋が思わず訊ねた。

三波は、そう、と頷く。

「雑誌の看板モデルがね、新人モデルに対して陰湿ないじめを繰り返していたのよ。新人モデルさんは山形の出身だったんだけど、いちいち彼女の方言を茶化したり、仲間外れにしたり。そのモデルさん、虫がとても苦手だったのよね。それを知りながら『山形ではいなごを食べるんでしょう』って、イナゴの甘露煮を出して食べさせようとしていたの。あっ、私は大丈夫よ、イナゴの甘露煮。小エビっぽくてむしろ好き。でも、嫌いな人間にとっては耐えがたいと思うのよね」

その言葉に高屋は強く頷いた。自分も虫は苦手で、絶対に食べられないだろう。

「で、私もこれまでいじめられている様子を見てきたから、もう限界だったのよね。皿の上のイナゴの甘露煮を手づかみして、『まずは、先輩が食べて見せるべきでは？』って、その看板モデルの口に突っ込んじゃったのよ。そしたら彼女が私を突き飛ばして、馬乗りになってきたから、その後はもう取っ組み合い」

あー、と高屋は額に手を当てる。

彼女が看板モデルと喧嘩したという話を聞いた時は、まったく理解できなかった。

事情を聞いた今も、信じられないと思うことには変わりないが、今は感情が変わっている。少しだけ、そんな彼女に好感を抱いた。

「やってしまったと後悔してるんですよね？」

ううん、と三波はあっけらかんと首を振る。

「たった一年だけど、堪能《たんのう》できたし。あの雑誌のファンだったから作る側にまわりたかったけど、裏側を見すぎたらちょっとね。憧れは近付きすぎず、少し離れたところから見てるくらいがちょうどいいかもって」

まるで自分に『匠のストーリー』を諦めろと言われている気になって、高屋の表情が曇る。

彼女は即座に察して、「あっ、高屋君もそうだとは言ってないよ」と首を振った。

鋭い観察眼、と星読みが言っていたのを思い出し、高屋は苦笑しながら会釈した。

「そのことがきっかけで、大阪支社に異動になったんだけど、今の仕事もすごく楽しいし」

話を聞いていた星読みが、ふむ、と洩らす。

「そうした暴走は火星が影響しているんですが、そんな火星を大きな力を持つ星――冥王星がサポートしているので、結果的に悪いようにはならない。冥王星は、破壊と再生を促す星なんですが、がらりと場を変えて生まれ変わらせてくれたんでしょうね。そして今は、海王星の恩恵を受けて、少し夢のある仕事に就いている」

「そ、そうです」

三波は目を丸くしながら頷き、それにしても、と大きく息を吐き出した。

「出生図だけでこんなことまで分かってしまうなんてすごいなぁ。これまで私、双子座しか意識してなかったんですよね……」

星読みは、そうですね、と相槌をうつ。

「一般的に星占いとして知られているのが、『太陽星座』。それは、あなたのすべてを表しているわけではなく、あなたの一部。さっきも言いましたが、太陽星座が示すものは、あなたが社会に向ける顔、『看板』なんです」

ふむふむ、と三波が興味深そうに洩らす。

「それじゃあ、月星座というのは……？」

「月は、『感情』を暗示しています。あなたの本質、素の部分です。表で働いて、家に帰ってきて一人の時、気が抜けた時に出てくる、心の柔らかい部分」

「それが、私は『蠍座』ですか……？」

それはピンと来ないようで、三波は小首を傾げている。

「蠍座は、研究者タイプというか、物事を深く考察することに強みがあるので、人に対して疑い深く慎重ですね。また、とてもこだわりが強いので、それが月星座となると、趣味に没頭もしがちですし、対人関係において、好き嫌いがとてもハッキリしているでしょう」

三波は、うんうん、と強く頷いている。

だが、話を聞きながら、高屋の心は一気に冷めていた。

もし、三波が『人に対して疑い深く慎重』だというならば、どうして先ほどの霊感占いの時に騙《だま》されそうになっていたのか。自分が無理やり連れ出したから、事なきを得た。あのままだったら多額の請求をされていたかもしれないのだ。

それにしても、と高屋は苦々しい表情で目をそらす。

あの霊感占い師といい、この星読みといい、どうして決めつけたように話すのか。

高屋は、先ほどの霊感占い師の言葉を思い起こした。

『あんた、悪いもの肩につけてるね』

『あんたがここに近付いてきてから、私の肩も重くなって大変。あんたは人の多いところにいるでしょう？』

『あんたは、誤解されやすいけど、根が優しいから、周辺の色んなものをもらってきちゃうんだよね。肩凝りとか感じているでしょう』

今の時代、大抵の社会人は、肩凝りだ。

実際に肩凝りに悩んでいたら、そう言われてハッとするだろうし、もし凝っていなくても、『もしかしたら』と思うだろう。そこへ依頼人が戸惑う間もなく、『人の多いところにいたから、色んなものをもらってくる』などと続けた。

京都や大阪といった関西の中心部にいたら、大抵は『人の多いところ』だ。

また、三波の洗練されたファッションを見れば、誰でも都会的だと気付く。

あの『根が優しい』という言葉も曲者《くせもの》だ。

これほど誰にでも当てはまる言葉はないだろう。もし、根っから優しくない人間がいたとしても、『根が優しい』と言われたら、そうかもしれないと思うものだ。

そうすると、流されやすい者は、『そうなのかもしれない』と思ってしまうのだ。

この星読みもそうだ。

ありきたりなことを言っていれば、誰しもに当てはまるのだろう。

うっかり三波に当てはまる、などと思ってしまったが、それは知らず知らずに合う部分を見付けているからに違いない。

そうして騙されてしまうのだ。母のように――――。

「あの、この十二の部屋には、それぞれ意味があるんですよね？」

三波は依然として、食い入るように聞いている。

「はい。第二ハウスは……」

彼女がそこまで言った時——、

「もう、いいかげんにしてくれ！」

高屋は喉の奥から絞り出すような声で叫び、立ち上がった。

三波が呆然と、高屋を見上げる。自分がいかに非常識なことをしているか頭の片隅では分かっていたが、こみ上げてくる吐き気とともに言葉が溢《あふ》れ出《で》た。

「さっきから聞いていたら、ありきたりなことをつらつらと。そもそも名乗りもせずに胡散臭《うさんくさ》い。三波さんはこうやって、わざわざ占ってもらいにやってきてるんだ。『考えるよりも先に体が動いてしまう性格』だなんて明確じゃないか。そして『対人関係において好き嫌いがハッキリしている』っていうのも、そんなの誰だってそうだろう。そうやって、誰にでも当てはまるようなことを言って、単純な者を懐柔して信者にして金を毟《むし》り取《と》る。あの『ヒミコ様』騒動にしてもそうだ。占いってのは眉唾物、それを生業にしてる輩《やから》なんて皆、悪徳業者なんだよ！」

「ちょっ、高屋君っ！」

三波の強い声で、高屋はハッと我に返った。

店内がシンと静まり返っている。

星読みはカーテンの向こう側なので、どんな顔をしているか分からないが、怒っているだろう。

だが、自分は間違ったことを言ったとは、思っていない。

「……三波さん、あなたのように信じやすい人は、こんなところに来ちゃダメです」

高屋は、手を差し伸べる。三波は高屋を見上げて、ひとつ息をつき、窘《たしな》めるような目を見せた。

「あのね、高屋君、私はあの時……」

その時、カーテンがゆらりと揺れた。

「こんなところ……？　そして悪徳業者？」

元々高くない声が、さらに低くなっている。

カーテン越しだというのに、彼女の怒りが伝わってきて、高屋は思わずたじろぐ。

「勝手なこと言わないでよ！」

勢いよくカーテンが開いた。

そこにいたのは、ツインテールの少女だった。どこからどう見ても、高校生にしか見えない。

えっ、と高屋は目を丸くし、三波は「うそ」と口に手を当てる。

「『船岡山アストロロジー』の星読みって、こんな美少女だったの!?」

彼女は、三波が言うようにかなりの美少女だ。

美少女はそのまま、高屋の胸倉をつかむ。

「名乗りもせずに胡散臭い!?　分かったわよ。私の名前は神宮司桜子。いい、よく聞きなさい！　西洋占星術の起源は、紀元前二千年のバビロニアと言われているの。今より約四千年も前に生まれたものなの。だからといって、四千年前の人間も、今の人間も能力に大きな差なんてない。人間の知恵を結集させたら、宇宙にまで行ける。当時はその能力のすべてを『占星術』に注ぎこんだのよ。今となっては『占い』扱いだけど、かつて西洋占星術は、学問で科学。それを悪徳業者呼ばわりなんて、許せない！」

するとすぐにカーテンの向こうから、先ほどの男性店員が飛び出してきた。

「ちょっ、サクちん！　お客様になんてこと！」

「だって、お兄、最初に失礼なことを言ったのは、このメガネなんだから！」

彼女の名前は『神宮司桜子』だった。そして彼は、この少女の兄なのだろう。

「すみません」

兄らしき店員は、少女の体を羽交い締めにし、高屋から引っ張り剝がす。

だが、今も収まりつかないようで、桜子は兄の腕の中で鼻息を荒くしながら、

「大体ね！」

と高屋を睨みつけた。

「うちは、お客様に聞かれたことに対して、占星術の仕組みを交えて伝えているの。それは一人一人が星読みに頼らなくても自分の星を読めるようになってほしい、って想《おも》いから。金額だって良心的よ。変な壺《つぼ》を買わせることだってしない。それなのに、なんであんな言われ方をしなきゃいけないわけ？」

「ダメだよ、サクちん」

兄は桜子の口に手を当てる。桜子はふがふがもがいて、その手を振り払った。

「何か言いなさいよ、メガネ！」

代わりに三波が頭を下げた。

「ごめんなさい、彼はその……どうやら、占いが嫌いっぽくて……」

すると兄が小さく笑う。

「さすが、第一ハウス乙女座的なサポート力……」

桜子はすかさず口を開く。

「三波さんは悪くないので謝らないでください。私はメガネに聞いてるんです」

高屋は、桜子の無垢《むく》な瞳に気圧《けお》されていた。

三波の言う通り、占いを——占い師を嫌悪している。

あの言葉も本心で、撤回する気はない。

しかし自分が失礼を働いたのは確かだ。それについては謝罪しなくてはならない。

高屋が口を開こうとした時だ。

ぐうううう……、と高屋の口からではなく、腹から音が出た。

皆は、ぴたりと動きを止める。

「あ……彼、お昼食べてなかったからなんです。私もですけど」

静まり返った中、三波がフォローにもなっていない言葉を添える。

兄は、ぷっと笑う。

「もし良かったら遅めのランチを食べていきませんか？　今はパスタくらいしか出せないんですが」

「ちょっ、お兄！」

「ほら、サクちん。どうどう」

「すみません、高屋君が失礼なことを言ったのに……えっと」

三波は名前を知りたそうに、彼を見上げた。

「ああ、俺は、柊といいます。ヒイラギと書いて、シュウですっ」

「柊さん。はい、ぜひ。いただきます。ありがとうございます」

三波は満面の笑みで、頭を下げる。

その隣で高屋はばつの悪さに目をそらしながら、そっと頭を下げた。

6

——あのまま、しっかり謝ってさっさと帰れば良かった。

勢いに呑《の》まれて動けず、気が付くと今自分の前にはパスタがある。

高屋は届いたパスタを見下ろして、額に手を当てた。

「わあ、ナポリタン！　嬉しいです。いただきます」

向かい側では三波が嬉々とした様で、手を合わせている。

「当店の人気メニューです」

柊が笑顔で答えている。

「茄子《なす》も入っているんですね」

「そうなんですよ」

少し離れた席には桜子がいて、こちらを窺《うかが》うように腕を組んで見ていた。

高屋は、そっとパスタに目を落とす。

ケチャップの味はいい。むしろ好きだ。

問題は大きく切った玉ねぎ、ピーマン。

高屋は野菜が苦手だった。茄子はまだマシな方で、玉ねぎとピーマンは特に嫌いだ。玉ねぎも細かく刻んで炒《いた》めていたり、くたくたに煮ていたら、まだ食べられる。

実家にいる時は、祖母に肉じゃがやカレーやシチューを作ってもらったが、それは美味《おい》しく食べられた。

ミートソースなら良かったのに、と高屋はひそかに思う。

しかし、あんなに失礼を働いて、腹の音を響かせて、パスタを出してもらったのに、残して帰るというのは、大人として最低すぎる。

仕方ない、飲み込んで食べよう。

意を決して、高屋はフォークとスプーンを手にし、口に運んだ。

「あれ？」

思わず、声が出た。

玉ねぎもピーマンも、思っていた感じと違っている。

嫌悪を感じる苦みがなく、甘くてふわりと柔らかい。茄子も肉厚でジューシーだ。そこに厚切りのベーコン、ケチャップソースが絶妙に絡み合っている。

「不思議だな、野菜、苦手なのに……」

美味しさを感じている自分に戸惑い、思わずそんな言葉が口をついて出る。

それは良かった、と柊は笑う。

「うちで使う野菜の多くは、京野菜なんですよ」

「京野菜？」

もちろん、京野菜の知識はある。

海から遠かった京都は、食生活の中心は野菜だった。

京都には、かつて全国から献上品として質の良い野菜が届けられたそうだ。そうした野菜たちが京都特有の気候や土壌と豊かな水によって育まれ、農家の技術で改良されてきたのが京野菜の始まり。高屋としては、高級料亭の懐石料理で出てくるイメージが強かった。

まさか、庶民的なナポリタンに使われているなんて。

「茄子は賀茂《かも》茄子。その緑色のはピーマンじゃなくて、万願寺唐辛子。すごく甘くて美味しいんですよ。ああ、玉ねぎは京都じゃなくて、淡路島の新玉ねぎなんだけど」

と柊はにこやかに話を続ける。

「そうなんですね……初めて食べました」

気が付くと、皿は空になっている。

絶妙なタイミングで、柊がコーヒーを出す。

「そして、どうぞ。ナポリタンの後に飲むコーヒーもなかなかですよ」

いただきます、と高屋はコーヒーを口に運んだ。

彼の言う通り、濃厚だったナポリタンの後に飲んだブラックコーヒーは、美味しさの余韻を残しながらも、口の中を気持ちよく切り替えさせてくれる。

この組み合わせは、奇跡のマリアージュと思わせるほどだ。

「本当だ。美味しいです」

初めて素直に、美味しいという言葉が出た。

すると桜子が「でしょう」と腕と足を組む。

「どうして、サクちんがドヤるかな」

「だって」

そんな兄妹《きょうだい》のやりとりを見ながら、三波はふふっと笑って、少し前のめりになる。

「あらためて、こんなに若くて可愛い星読みさんなんてビックリ。姿を隠しているのは、やっぱり変に騒がれたくないから？」

少し含んだ聞き方をした三波に、桜子は小さく息をつく。

「……まぁ、そんなところ。さっきメガネが言ってたように、『ヒミコ様』のイメージがまだ根強く残っているし」

高屋はばつの悪さに、目を伏せる。

今から十五年くらい前だろうか。

『天才少女占星術師』という小学生が、世に出てきた。

まっすぐな黒髪。白衣に朱色の袴《はかま》という巫女《みこ》のような姿で星を読む。

名は、ヒミコ。その少女がとても美しかったのも相俟《あいま》って一躍人気となった。

ヒミコは、対面しただけで生年月日と出生図が分かるという特殊能力を持っていたという。これは、あくまで尾ひれがついた噂だ。

問題なのは、彼女の両親だった。

娘の才能とカリスマ性が金になると目が眩《くら》んだのだろう。

やがて、ヒミコを神の遣いと謳《うた》い、『星の巫女』という会員制クラブを作った。いわゆるファンクラブなのだが、教団のようなものだった。

彼女に魅せられた多くの者が信者となり、『星の巫女』に貢いだ。そうすれば、幸せになれると信じたからだ。信者たちはヒミコに心酔し、借金を作ってまで彼女に会いに行こうとしていた。

被害者は信者だけではない、その家族もだ。『ヒミコ様ご面会券』という、十分間対談できる券が三十万だったという。

鑑定してもらうのではない。ただ、お目通りするだけだ。だが、信者は彼女に直接会えることに価値を感じていて、何枚もその券を購入したという。そんなことに家の財産を根こそぎつぎ込んでいったのだから、家族はたまったものではない。

ついには『星の巫女・被害者の会』まで立ち上がり、やがて『星の巫女』を運営していた両親は逮捕された。

騒動から十年。しばらくの間、占星術＝忌まわしい集団というイメージがはびこっていたが、今は大分薄れている。

だが、当時ヒミコと同世代だった者たちには、大きなインパクトを残していた。

高屋のように嫌悪感を抱いている者もいれば、今も彼女のファンで、『両親が最悪だっただけでヒミコ様は完璧だった』と言う者も少なくない。

そう思えば、桜子が姿を隠して占いをする気持ちは理解できた。

十年前の桜子は、おそらく小学校低学年。ヒミコは騒動の頃は、もう中学生になっていた。

彼女がヒミコということはありえない。

だが、カーテンから彼女が出てきた時、一瞬、ヒミコが飛び出してきたのかと思い、心臓が止まるかと思った。

「でも、もったいないな。こんな美少女占星術師がいるってなったら、大人気になりそうなのに」

三波はしみじみと言う。その口調から彼女は当時『ヒミコ』に憧れを抱いていたのだろう、と思わされた。

桜子は頬を赤らめて、首を振る。

「やだ、やめてください。美少女なんてそんな。ねぇ、お兄」

「サクちん、めっちゃ喜んでるじゃん」

思えば、二人とも標準語だ。三波も同じように思ったのか訊ねた。

「お二人は、京都の人じゃないんですか？」

桜子は「あ、はい」と答えた。

「元々は神奈川だったんですけど、両親は一昨年から仕事で海外に。私は両親についていかずに、祖父母の家に身を寄せることにしたんです。ここは、喫茶店を祖父が、隣の書店は祖母が経営していまして」

「ちなみに、俺はこっちの喫茶店の方を手伝っているんです」と、柊が続ける。

三波は、そうなんですね、と微笑む。

「私も高屋君も関東から関西組なんですよ」

ねっ、と三波に振られて、高屋はぎこちなく頷いた。

「ところで、柊さん。あの『入居者募集』の張り紙って、今もですか？」

続けてそう問うた三波に、柊は思い出したようにぱちりと目を開く。

「ええ、今も空いてますよ」

「ねっ、高屋君、住まわせてもらったら？」

突然、彼女の口から飛び出した言葉に、高屋はゴホッとむせ、桜子は露骨に顔をしかめた。

「な、なにをいきなり」

「だって、今ウィークリー・マンションで部屋を探しているんでしょう？　ここからなら通える時間内だし、ここの喫茶店で美味しい京野菜を摂ることができる。占いに対する歪《ゆが》んだ心が、少しはましになるかも」

「そんな無茶ぶりを……」

大体、あんな暴言を吐いた自分を受け入れるわけがないだろう。

ちらりと桜子を見ると、やはり夜叉《やしや》のような顔をしている。

だが、柊は違っていた。

「高屋さんっておっしゃるんですね？」

柊に問われて、高屋は顔を向けた。

「あ、はい。高屋誠といいます」

「俺はアパートの管理人の一人なんですけど、俺は高屋さんを歓迎しますよ。あなたは、真面目そうだし」

え……と高屋が戸惑っていると、

「ちょっ、ストーップ！」

桜子が手をかざしながら、声を張り上げた。

「私も管理人の一人なんだけど、こんな人は絶対にごめんよ！　この上は元々学生寮だったけど、今はリノベーションされていて、なかなか素敵な部屋なの。旅館みたいな風情があって、この辺、夜は静かで過ごしやすいし、そのうえ、家賃も激安。そんな優良物件をアンチに貸してあげるほど、私は心広くないから」

桜子は、反対しているのか宣伝しているのか、分からないことを言う。

「サクちんは、あの一室を狙ってるからだよね？」

「そうよ、高校卒業したら私が住むの！」

桜子は両手で拳を握りながら、鼻息を荒めに言う。

すると三波が「あっ」と手を挙げた。

「それなら、大丈夫だと思いますよ。うちは出版社で、異動がありますし」

その言葉に桜子は、びくりと動きを止めた。

「……え、出版社の方？」

「あ、はい。ごめんなさい、ちゃんとしたご挨拶が遅れて。実はティーン向け星占い雑誌『ルナノート』などを担当しております耕書出版の三波と申します。うちの編集部の者が何人かここで鑑定を受けていて、とても良かったと伺っていましてこのたびは取材も兼ねてここに来ました。最初にそのことをお伝えしなかったのは、変に意識されてしまって、いつもと違う感じになったら、と……。そしてこれはお土産です」

三波はいそいそと名刺と用意していた菓子折りを出す。高屋も同じように、よろしくお願いいたします、とスーツのポケットから名刺を出した。

「耕書、出版……」

桜子は呆然としながら、名刺を受け取った。

「高屋君は文芸を希望しているんで、きっとすぐ本社に戻ると思うんです」

そう続けた三波に、桜子は口に手を当てた。

「文芸……」

「おっ、良かったじゃん。なんたって、サクちんは……」

柊が何かを言いかけたが、桜子が肘で脇腹を突いた。

はうっ、と柊は蹲《うずくま》る。

三波と高屋は、なんでしょう？　と小首を傾げる。

桜子は、いえいえ、と首と手を振り、気を取り直すように胸に手を当て、

「私、実は、耕書出版の本を愛読してるんです。文芸作品もそうですけど、ミステリ作家やエンタメの作品も大好きで。最近は相笠くりす先生のファンで、実は髪型とかも真似《まね》しているんです」

えへへと笑ってツインテールに手を触れる。

「わあ、そうだったんですね。相笠先生、さっきもいらしてましたよね？」

「はい。相笠先生は、定期的に星の動きを聞きに来てくださるんですよ」

「先生のご活躍の陰には、桜子さんのアドバイスがあったんですね」

「いえいえ、そんなっ」

三波と桜子は、きゃっきゃっ、と盛り上がる。

「…………」

三波を見ながら、ついさっきまで相笠くりすの名前すら知らなかったくせに、と高屋は片目を細めた。

「おやおや、随分と楽しそうですねぇ」

その時、バックヤードから年配の紳士があらわれた。

タータンチェックのベストに黒のスラックス。黒いエプロンをしている。

白髪、白い口髭。その姿は英国の紳士のようだ。

「お祖父ちゃん！」

桜子が紳士の許に駆け寄り、柊も、マスター、と振り返る。

「入居希望者の高屋誠さんです」

そう言って柊は、高屋を手で指し示した。

ふむ、とマスターは高屋の方に視線を送る。

「君はうちの二階に住みたいと本当に思いますか？」

その言葉を受けて、高屋の心が大きく揺れた。

自ら入居を申し出ているわけではない。さっきまでは、ごめんだと思っていた。だが、そう問われて、即座に『いえ、違うんです』と返せなかった。

それを言ってしまえば、この話はここで終わってしまう。

高屋は、自分の気持ちが分からなくなり、目だけでゆっくりと店内を見回した。

サイケデリックな店内。高い格天井のその上に、住居がある。

占い云々《うんぬん》、すべてを取っ払って考えるならば――、

「……素敵なところだと思います」

これは素直な気持ちだった。それに、と高屋は独り言のように続ける。

「自分は野菜が嫌いなので、だからナポリタンも苦手だったんです。けど、ここのは美味しくて感動しました。京野菜だからなのかもしれないんですが……」

何を言っている。これでは質問の答えになっていないではないか、と高屋は自分の髪をつかんだ。

マスターは、見守るような温かな眼差《まなざ》しで、ふふっと笑う。

「高屋さん、ナポリタンを食べたのは久しぶりですか？」

唐突な質問に、高屋は戸惑いながら答える。

「はい。子どもの頃以来で……」

「それじゃあ、もしかしたら、このナポリタンを美味しいと感じたのは、京野菜の力だけじゃなく、高屋さん自身が変わったからかもしれないですよ。それをご自分が知らなかっただけで……」

たしかに、自分は成長している。味覚や好むものが変わるというのはあるだろう。それなのに昔のままだと思い込んでいたのかもしれない。

「まずは、『自分を知る』ことが大事なんですよ」

そう言ったマスターに、高屋は苦々しい心境になり、顔を歪ませる。

「さっきの占星術の話と一緒ですね」

ええ、とマスター。

「そうですね。ですが、すべてに通じる話です。自らを知ることでようやくスタートラインに立てる。そうして、初めて歩き出すことができるんです。占星術は、人生の羅針盤で、出生図は自分の取扱説明書のようなものなんですよ」

横で三波が、なるほど、と首を縦に振っている。

マスターは胸に手を当てて、にっこりと微笑んだ。

「もし、あなたがここに住みたいと思ってくれるのでしたら、僕は歓迎しますよ」

「俺も異論はないですよ」

と、柊が続けた。

桜子に話を聞いたらしい、祖母の京子も書店の方から姿を出した。

「部屋を綺麗に使《つこ》てくれて、ちゃんと家賃払ってくれるんやったら、うちは歓迎や」

空き部屋のままやったらもったいないさかい、と京子は言う。

「…………」

さっきまで自分の気持ちが分からなかった。

だが、今はこの上に住めたら、という想いが強くなってきている。

それは、このマスターの存在が大きいだろう。祖父母に育てられたため、年配者が側にいるということに魅力を感じる。心強さと安心感を覚えるのだ。

ですが……、と高屋は、桜子に視線を送る。

自分は失礼を働いたのだ。

あの言葉は本心だったが、あんなふうに口に出すものではない。冷静になった今ならわかる。

桜子は、ちらりと高屋を見て、ふんと鼻を鳴らした。

「あなたの失礼な言動は聞かなかったことにしてあげる。耕書出版さんには、うちの書店もお世話になってるしね。だから、まぁ、本当に住みたいって言うんだったら、うちの上に住んでもいいわよ」

腰に手を当てて、見下すように言う。

「…………」

本当に、生意気を絵に描いたような少女だ。なのに、不快ではなかった。

かつて多くの人々を魅了したカリスマ占星術師、ヒミコはこんな感じだったのだろうか？

自分はずっと占い師に嫌悪感を抱いてきた。

自分にそんな気持ちを植え付けたのは、『星の巫女』事件だ。もし、ヒミコに会うようなことがあったら、文句の一つも言ってやりたいと思っていた。

だが、ヒミコかもしれない少女を前にした時、抱いた感情は憎悪ではなかった。

――あの時、自分の中に湧き上がった感情は、なんだったのだろう？

高屋さん、とマスターに声を掛けられ、高屋は視線を向けた。

「ここにいたら、自分を知ることができるかもしれないですよ」

占い師への嫌悪感は、ナポリタンが嫌いだと思い込んで、拒否してきたのと同じことなのかもしれない。彼らの言う通り、ちゃんと自分を知る必要がある。

そうしないと、過去を引きずったままだ。

ここでなら、何か分かるかもしれない――。

「その……失礼なことを言ったことを謝ります。もし許されるなら、前向きに検討したいと思います」

よろしくお願いします、と頭を下げた高屋に、三波は良かったと手を叩く。

「それじゃあ、とりあえず、見学しますか？」

柊は親指で上を指しながら訊ねた。

ぜひ、と高屋は頭を下げた。

桜子は面白くなさそうな素振りをしながらも、よっしゃ、と拳を握る。

「いつか高屋君も、占ってもらえるといいね」

そう言う三波に、高屋は何も返さない。

神宮司家の皆に好感を抱いたのはたしかだが、占いに関してはまだまだ拒否反応があった。絶対に占ってもらいたくないし、自分の出生図など見たくもなかった。

あの、と三波が桜子の方を向く。

「桜子さん、今のお話を聞いて、『ルナノート』で『第一ハウスに入っている惑星』

の特集をしたいと思ったんです。良かったら、ご教示ください！」

桜子はまんざらでもないように頭を掻《か》く。

「それじゃあ、ティーンにも取っつきやすいようにお伝えしちゃおうかな」

さまざまな思惑の中、新たな生活がスタートした。

それは、うららかな春の午後。

第一ハウスの惑星

（桜子によるRPG風イメージ）

太　陽	周囲の注目を集め、主導権を握る 圧倒的な存在感を持つ勇者
月	愛情深く思いやりが深く、 自分より他者を優先にしがちな女神
水　星	分析家で何事も器用にこなす、 人を惹きつける学士
金　星	周囲との調和を重んじ、 美しいものを愛する小悪魔
火　星	勝利を手にするまで果敢に挑み続ける戦士
木　星	思いやりが深く、 大きな懐を持つ優しき魔導士
土　星	類稀な努力と忍耐で 困難を乗り越える戦う教官
天王星	頭脳明晰で個性的。 ユニークな視点で我が道を行く旅人
海王星	並外れた感性を持ち、 浮世離れした詩人でアーティスト
冥王星	逆境に強くピンチをチャンスに覆す 底力を持つカリスマ 陰のボス

※星が入っていない人は、星座（ハウスの入口の境界線が指す）で視ます

牡羊座➡火星	牡牛座➡金星	双子座➡水星	蟹座➡月
獅子座➡太陽	乙女座➡水星	天秤座➡金星	蠍座➡冥王星
射手座➡木星	山羊座➡土星	水瓶座➡天王星	魚座➡海王星

第二章　太陽と月曜日のモーニング

1

船岡山珈琲店は、なかなか気まぐれな喫茶店のようだ。

特に定休日を決めているわけではなく、一日中営業している時もあれば、昼で終わったり、はたまた夜だけ開いていることもある。

理由は聞いていないが、マスターが年配なので、おそらく体調の問題もあるのだろう。

だが、決まっていることが、二つあるという。

そのうちのひとつは、月曜日には必ずモーニングを出すというもの。営業している日ならば、という注釈がつくが、週に一回のモーニングを楽しみに常連たちは訪れるそうだ。

「――へぇ、ほんなら高屋君、船岡山さんの上に住むことにしたんや」

マル編集長が、オフィス全体に聞こえるのではないかという声で言う。

ここは、耕書出版大阪支社のオフィス。

本社は東京の中心部に大きなビルを構えているが、大阪支社は、梅田にある貸しビルのワンフロアしかない。所属する社員は、数十人だ。

「…………」

高屋は先日、京都船岡山付近にある船岡山珈琲店で起こった出来事を、誰にも一言も洩らしていない。

だが、マル編集長、真矢デスク含め、周囲の者たちは知っていた。

三波がペラペラと喋《しゃべ》ったからだ。

「そうなんですよ、マル長。高屋君ってばこれから曲がりなりにも『占い』に携わる仕事をするのに、あまりに嫌っているから、それならいっそ、と提案したんです」

ちなみに今も喋っている。よく回る口だと、呆れを通り越して感心してしまう。

「せやから三波ちゃん、『マル長』言うたらあかん、ホルモンみたいや。けど、高屋君、ええやん。『虎穴に入らずんば虎子を得ず』やな」

その故事は明らかに違うだろう。仮にも編集部の長なのだから、しっかりしてほしい、と高屋は頬を引きつらせる。

三波がすかさず突っ込んだ。

「その使い方、違いますよ。それを言うなら『郷に入れば郷に従う』とか？」

だが、三波も的を射ていないことを言って、首を傾げている。すると仕事をしつつ話を聞いていたらしいデスクの真矢が、ふふっと笑った。

「『百聞は一見に如かず』もいいかもしれないわね」

それです、と三波は手を打つ。

「高屋君には『占い』をしっかり知ってほしいと思って。私たちが横であれこれ言うより、自分の目で見て、そして判断してほしい。まさに『百聞は一見に如かず』よ」

お節介がすぎる、と高屋は眉を顰《ひそ》めながらも、社会人として一応相槌をうつ。

あの物件、『玄武寮』は、故事を用いるならば、まさに『瓢箪から駒』、理想的な物件だった。学生寮だったということで期待はしていなかったのだが、とても綺麗な部屋で、元々の風情を活かしたまま、リノベーションしていた。

小さいが、キッチンもバスもトイレもついている。家賃も驚くほどに安い。

一階に書店と喫茶店があり、なおかつ好きな京都。素敵な老夫婦の管理人がいて、あんな失礼を働いたというのに、住んでも良いと言ってもらえた。

三波が言ったことも一理あると思った以上、断る理由がなく、よろしくお願いいたします、と高屋は素直に頭を下げた。

「ほんで、引っ越しは済んだんやろか」

「あ、はい。元々、荷物が少なかったので」

「ウィークリー・マンションからやったら家具もないし、せやろな。けど、これからいろいろ揃えなあかんな。今、なんにもない状態やろ」

「はい。ですが、とりあえずと、下の書店のオーナーが布団や座卓に食器と色々貸してくれまして」

そうかそうか、とマル編集長は微笑ましそうに頷いている。

「京子さん、世話好きな人やさかい」

その言葉に、あれ？　と高屋は眼鏡の位置を正して、マル編集長を見た。

「船岡山書店をご存じなんですね？」

三波は、船岡山珈琲店の話はしたが、書店のことは言っていなかったのだ。

うちの編集部の何人かはあそこで占ってもらっていると聞いた。もしかして、マル編集長も視てもらったのだろうか？

すると、マル編集長は当たり前のように言う。

「俺は元営業やし」

そういえば、そんな話を三波がしていた。

それはそうと、とマル編集長は急に強い眼差しを見せる。

「ええか、高屋君。せっかくなんやから、星読みの先生が誰かを鑑定する時、もし許されるようやったら、見学させてもろて勉強するんやで」

高屋が何か言う前に、三波が片手を上げた。

「あ、マル長、それはすでに私が伝えてますよ。もちろん先方にもお願いしてます」

「さすがやないか、三波ちゃん。せやけどマル長言うたらあかん。ホルモンみたいや」

何度、同じやりとりをするんだ。

高屋が少しうんざりしながら目を背けていると、ピコン、とスマホが音を立てる。

画面に表示されている『美弥』の文字を見て、高屋は慌ててメッセージを開いた。

『原稿できました』という一文。

連載小説が届いたのだ。

彼女が書いているストーリーはというと、言ってしまえばロミオとジュリエットだ。

主人公の少女は、ごく普通の女子高生・ミヤ。

ちなみに、筆名と主人公の名前が同じだ。

彼女が気になっているのは、同じ学校の少し不良っぽい男子学生・ショウ。

喧嘩をし、手負いのショウに絆創膏《ばんそうこう》を渡したことから、二人の仲は深まり、やがて交際に至ることになる。

だが、双方の両親に反対されて、二人の仲は引き裂かれそうになる。

二人がとった決断は、駆け落ちをしようというもの。

——と、ここまでが、雑誌に掲載されている第一回の内容だ。

ストーリーはレトロなのだがそれが却って新鮮であり、何より驚くほど少ない文字数で、ジェットコースターのように展開している。

こうして考えると、なかなかすごいことなのかもしれない。

同じ内容を文芸作家が執筆したら、三万文字はいくのではないか？

高屋はメッセージアプリに直接書かれている原稿をコピーして、Ｗｏｒｄにペーストした。

高屋はマウスに手を伸ばし、第二回、来月掲載分の原稿を読み始めた。

——前回のラスト、駆け落ちを決めた二人。

逃げ出したミヤとショウだが、すぐに大人たちに見付かって連れ戻されてしまう。

てっきりミヤは、ショウの素行が悪いから交際を反対されているのだと思っていたが、そうではなかった。

ミヤの母は、父と結婚したことが原因で、親に勘当されている。そのため、ミヤは祖父母に会ったことがない。父はというと、病弱で入退院を繰り返していた。

そんな中、母の実家は大金持ちだったことが判明した。

そして、ショウはというと、祖父に仕える運転手の息子だった。

祖父は、『ミヤが家のために政略結婚するならば、勘当を解いても良い』とミヤの両親に条件を出していた。

貧しい暮らしに疲れ切っていた母は、ミヤに一縷《いちる》の望みを託していたのだ。

最後の一文は、こう締められている。

『——ミヤ、あなたは、あの村井《むらい》家の血を引いている。あなたが村井家のために、決

められた相手と結婚してくれるなら、私たちは救われるのよ』
驚きの事実に、うちは絶句した。
その時、雷がピカーッと光った。

「…………」

相変わらずの急展開。これまたレトロでどこかで読んだような内容だ。

そう思いながらも、つい読んでしまう。これが彼女の人気の秘密なのだろう。

それにしても、『雷がピカーッと光った』とは……。

伝えたい状況は分かるのだが、と高屋は顔をしかめて、腕を組む。

その時、美弥から再びメッセージが届いた。

『率直な意見を聞かせてください』

「…………」

雷がピカーッの表現を変えるよう伝えた方が良いのだろうか？

だが、原稿をなるべく変えないよう言われている。これはこれで、『味』なのかもしれない。

いや、しかし、と悩んでいると、真矢が首を伸ばしてきた。

「高屋君、どうしたの？」

「美弥さんから原稿が届きまして、率直な意見を求められまして」

「原稿見せてもらえる？」

「あ、はい」

高屋はすぐに、データを送信する。最初、美弥の担当をしていたのは、他でもないデスクの真矢だ。彼女の判断を仰ぐのが一番だろう。

真矢は原稿を読んで、ふふっ、と笑う。

「相変わらず、ドラマチックで急展開ねぇ。目が離せなくて面白いわ。ただ……」

「ただ？」

やはり、雷ピカーッだろう。

「大金持ちだったお祖父さまの家の名字が、『村井さん』ってちょっと普通すぎるから、もっと雰囲気のある苗字《みょうじ》の方が良い気がするわね。たとえば綾小路《あやのこうじ》とか西園寺《さいおんじ》とか。もし村井という家名に意味があるんだったら、このままで良いんだけど」

「え、そこですか」

と、高屋の眼鏡がずるっと下がった。

「あと、雷のところだけど……」

話を続ける真矢に、ですよね、と高屋は眼鏡の位置を正して前のめりになる。

「ここ、『雷』というより『稲妻』もしくは『稲光』かな。そうなるとその後の『光った』は重言になるから『走った』にした方がいいわね」

「あ、はい。たしかに」

そういう修正は必要なわけだ、と高屋は頷きながら、メモをする。

「高屋君も約一年、文芸雑誌を担当していたから分かってるでしょうけど、作家さんに作品について伝える場合は、いきなり修正箇所を突き付けちゃダメよ」

分かってます、と高屋は頷く。

文芸雑誌編集部の大平編集長も同じことを言っていた。

作家にとって作品というのは、自分の内側をさらけだすもの。

それを最初に見るのが編集者だ。

いきなり指摘をするというのは、内臓を切りつけるに等しい。まずは、作品の良いところをしっかり伝え、その後に修正した方が良い箇所をとてもやんわりと言う。それでも、ダメージを受ける作家も多いという。

慣れていない新人作家こそ、その傾向が強いそうだ。

配慮のない編集者の言葉に傷付き、筆を折ってしまった才能ある作家もいる。

かと思えば、平凡だと思われていた書き手が、編集者との出会いにより、大ベストセラー作家へと化けることもある。

『良くも悪くも、作品を生かすも殺すも編集者なんですよね』

大平編集長の言葉を反芻《はんすう》して、高屋はスマホを手にする。

上手い褒め言葉が見付からず、結局は真矢の言葉をそのまま引用してすべてを伝えた。

すると、すぐに返信が届いた。

『ほんまですね。西園寺にします。稲光が走ったに修正、お願いします』

随分とあっさりしているな、と思いながら『村井』↓『西園寺』、『雷』↓『稲光が走った』に変更し、ふぅ、と息をつく。

これで、この原稿の編集作業は終わりだ。

もちろん自分の仕事はこれだけではない。

雑誌『ルナノート』は、大阪支社で作っているので、記事の確認、写真の選定、表紙デザインなど、チームで手分けして行う。

それが終わったら、三波が主に担当している雑誌『お洒落メシ』の手伝いにも回る。

やることはそれなりにあるのだが、どうにも心が渇いていくように感じた。

「せや、高屋君。紹介するわ」

見慣れない男性が二人、マル編集長に声を掛けられて、高屋は顔を上げる。

マル編集長に声を掛けられて、高屋は顔を上げる。

「うちの営業担当や。柿崎直也《かきざきなおや》君と朽木透《くちきとおる》君」

営業はしばらく東京の商談会に行っているという話を耳にしていた。帰ってきたのだな、と高屋は立ち上がって、彼らの許に向かう。

柿崎直也は、二十代後半の男性だった。スマートで姿勢が良く、はつらつとした印象がある。サラサラの髪、仕立ての良いスーツに、靴が綺麗に磨かれている。

「柿崎です、よろしくお願いします」

笑うと白い歯が光るような爽やかさだ。

「柿崎君は、書店員にめっちゃ人気あるんやで」

と、マル編集長が付け加える。

そんな感じがする、と納得だ。

「朽木です……」

一方、朽木透は、三十路《みそじ》前後。柿崎の少し年上だろう。髪がぼさぼさで、眠そうな顔をしている。営業マンというよりも、編集者にいそうなタイプの男性だった。

マル編集長は、朽木に関しては『書店員に人気がある』とは言わなかった。

「高屋です」

高屋は、どうもと会釈をする。

「二人とも東京出身なんやで。高屋君と同じやな」

マル編集長の言葉に、柿崎は、へぇ、と顔を明るくさせる。

「高屋君は、東京のどこから？」

「あ、神田です」

「へぇ、いいね。僕は元々等々力《とどろき》で、今は大阪の北新地に住んでるんだ」

北新地は高屋でも名前を知っている、大阪でも有名な歓楽街だ。

マル編集長が大袈裟《おおげさ》に肩をすくめる。

「北新地なんて、遊びに行くところで住むところやないやろ」

「みんなにそう言われるんですけど、独身のうちしかそういうところに住めないと思いまして」

せやなぁ、などと話している間に、朽木は「さーせん」と洩らし、ふらりとその場を離れ、オフィスを出ていった。

すると、もー、と柿崎が腰に手を当てて、残念そうな声を出した。

「まだ皆で話しているのに、相変わらずな朽木さんだなぁ」

一方でマル編集長は笑っている。

「朽木君はマイペースやさかい」

たしかに今は特に生産性のない話をしていたかもしれない。だが、会話の最中にいなくなるというのは、好ましくない。自分も他人のことを評価できるほどの社交性があるわけではないが、と高屋は眉間に皺《しわ》を寄せる。

場が少し微妙な空気になったものの、

「あら、柿崎君、お帰りなさい。久々の商談会はどうだった？」

真矢の張りのある声で、急に明るい雰囲気に切り替わった。

柿崎は、真矢さん、と嬉しそうに目尻を下げる。

「楽しかったですよぉ。編集部の人たちにも結構会えましてね。みんな、『真矢さんに戻ってきてもらいたい』って口々に言ってました」

あら、と真矢は頬に手を当てる。

「それは嬉しいわねぇ。でも、私は固定だから」

ふふふ、と笑って真矢は自分のデスクに着く。

「……固定？」

高屋は、なんのことだろう？　と小首を傾げた。


「――ああ、真矢さんね。大阪支社に固定勤務なの」

昼の休憩時間。

高屋は、三波と共に、ビル内の休憩室でランチを食べていた。

三波は手作り弁当、高屋はコンビニの弁当だ。他愛もないお喋りをする中で先ほどの真矢の言葉が頭を過り、高屋が訊ねると、三波があっさりそう答えた。

「つまり、転勤せずにずっと大阪支社のままということですか？」

そう、と三波は頷く。

「うちの社は転勤を断って、そこに居続けられる制度があるのよ。『地域限定職』っていうんだけどね」

そんなことができたんですか、と高屋は目を丸くする。

「あ、でも、地方支社に限ってだけどね。中には喘息《ぜんそく》とかで東京の空気がどうしても合わない人もいて。その代わり、支社長よりも上に出世することはないみたいで」

高屋が納得していると、三波が続ける。

「真矢さんは、本社でそれはもう優秀な編集者でね。ベストセラー作品を何作も世に出したのよ。文芸作品からエンタメ文庫まで。だけど、大阪の男性と結婚して、『地域限定職』希望を出したのよ。絶対に将来会社の中枢を担うであろう真矢さんの思わぬ申し出に、社内は仰天したって話よ」

それはそうだろう。地方限定なんて、自分も信じられない。

「でも、やっぱり、真矢さんはすごいのよ。元々『関西グルメ』って雑誌を『お酒落メシ』にリニューアルして、それを全国誌までにしたんだから」

「え、あれ、元はローカル雑誌だったんですか？」

『お洒落メシ』は、入社前からよく知っているグルメ雑誌だ。

『お洒落』と『メシ』というミスマッチな誌名は、内容をそのまま反映している。雰囲気の良い店、豪快に食べられる店、その両方を備える店などを紹介しているうえ、近隣の観光スポットも案内する。お洒落を好む層、グルメ層、はたまた町を散策したい層、それらの読者を獲得していた。

高屋は相槌をうちながら、そういえば、と顔を上げる。

「『ルナノート』も元々ローカル雑誌だったのが、全国誌になったという話ですけど、それも真矢さんが？」

もちろん、と三波は胸を張って頷く。

「というか、そもそも、『ルナノート』は、真矢さんの企画で作られた雑誌だし」

高屋は、さらに驚いて目を丸くする。

「えっ、そうだったんですか？」

そうなの、と三波は食べ終わった口を拭っていた。

「さらに驚きなのがね、なんでも真矢さんは、『船岡山アストロロジー』で占ってもらって、それで感動して、星占い雑誌を作りたいと思ったんですって」

んん？　と高屋は顔をしかめて、腕を組んだ。

「でも、それっておかしくないですか？　『ルナノート』が創刊したのは、八年前ですよね？」

その頃、桜子は小学生だ。かつて『ヒミコ』というカリスマ小学生占星術師がいたくらいだから、ありえない話ではないかもしれないが、それにしても、彼女は神奈川に在住していたはずで、少し無理があるように思える。

「そうなの。だから、私も驚いたんだけど、真矢さんの時は……」

「あら、私の話?」

その時、真矢の声が背中に届き、高屋は背中をビクッとさせて振り返る。

だが三波は、真矢が来るのが見えていたようで、驚いた様子はない。

「そうなんです。『船岡山アストロロジー』の話をしていて」

ああ、と真矢は微笑みながら、三波の隣に腰を下ろす。

「私も聞きたかったの。三波ちゃんも占ってもらったのよね。どうだった?」

良かったですよぉ、と三波は甘ったるい声で答える。

「星読みの先生に、『第一ハウスに入っている惑星』について書いてもらえましたし」

「あの、RPG風の解釈ね。面白かったわ。あそこの先生、面白い方よね。今は姿を隠されて占っているそうだけど、お元気だったかしら?」

そう問われて、三波は「はい、とても」と頷く。

「真矢さんが鑑定してもらったのって、十年前でしたよね?」

最初はね、と真矢は頬杖をつき、天井を仰いだ。

「最後に行ったのは五年くらい前かしら。その後、気が付いたら星読み鑑定をやめてしまっていたのよ。引退されたのかな? って思っていたんだけど一年くらい前から再開したみたいで、嬉しく思っていたの」

三波と高屋は、思わず顔を見合わせた。

その先生って……、と高屋が口を開きかけた時、真矢は、そうそう、と思い出したように手を打った。

「聞きたかったの。船岡山珈琲店さんって、モーニングやってたかしら？」

真矢の問いかけに、高屋はぱちりと目を瞬かせた。

2

数日後、高屋は、真矢、三波と共に大徳寺《だいとくじ》にいた。

「相変わらず、広いわねぇ」

総門を潜り、境内を歩きながら、真矢はしみじみと洩らす。

同感です、と高屋が頷いていると、見掛けによらず歴史や社寺に詳しい三波がぺらぺらと大徳寺について説明を始める。

「そりゃあ、大徳寺の境内には、二十を超す塔頭《たっちゅう》寺院があるくらいですから。勅使門、三門、仏殿、法堂などがほぼ一直線に並んでいるんですよ」

さすが、と真矢は笑う。

「その調子で頼むわよ、三波ちゃん」

三波はガイド要員として同行している。高屋は一応、カメラマン役としてここにいるが、ここから家が近いから呼んでくれただけのおまけだろう。

高屋は、先日の会話を思い浮かべた。

真矢は、『モーニングやってたかしら?』と訊ねた後、こう続けたのだ。

『今度、「お洒落メシ」で「モーニング」の特集をしようと思っていて、船岡山さんは、近くに観光スポットがたくさんあるし、もしやっているなら取材できたらと思ったのよね。高屋君、マスターに聞いてもらえるかしら?』

高屋は、はぁ、と曖昧な声を出す。

あそこがモーニングをやっているのは、月曜だけ。

その月曜も時々、休みになるという。記事にするには向いてないのではないか、と伝えたのだが、それでも真矢は、『そういうのは全部書くから、一応、聞いてみて』と引き下がらなかった。

すぐにマスターに確認したところ、『良いですよ』とあっさり了承してくれた。

実際の月曜日の朝は忙しいので、平日の午後に来てくれたら、取材用にモーニングのメニューを提供してくれるという。

たまたま店と自分たちの都合がすぐに合ったため、こうして北区へ赴いていた。

「春の大徳寺は、木々が青々としていて最高ね」

久しぶりだわぁ、と真矢は心地よさそうに目を細める。

彼女が言う通り、散歩しているだけでも気持ちが良い寺院だ。

「ここって、一休《いっきゅう》さんと関わりが深いのよね？」

真矢の問いに、三波は、はい、と頷く。

「一休宗純《そうじゅん》は、応仁《おうにん》の乱で焼失した大徳寺の復興に一役買ってるんですよね。あと、ここは、千利休《せんのりきゅう》とも関わりが深いんです」

そうそう、と真矢も思い出したように頷く。

「でも、たしか、この寺の門がきっかけで、豊臣秀吉《とよとみひでよし》に切腹を命じられたとか」

その逸話は知っていたため、そうでしたね、と高屋は頷く。

境内を少し歩くと朱色が美しく荘厳な佇まいの『三門（山門）』が見えてくる。

この門は千利休が完成させたものであり、その際、門の上層に雪駄《せった》を履いた利休の木像が安置された。

それが、秀吉の逆鱗《げきりん》に触れたのだ。

お前の足の下を通れと言うのか、ということだ。

怒る気持ちは分からないではないが、切腹を命じるまでとは……。

「随分と、傲慢な話ですよね」

高屋は独り言のように洩らす。

利休の木像が気に入らないのであれば、下げるように命じれば良い話だ。これまで尽くしてくれた側近に対して、あまりにひどい仕打ちだ。

すると三波は、うーん、と洩らす。

「それが、スイッチだったんじゃない？」

「スイッチ？」

そうね、と真矢が同意した。

「秀吉もそれまで色々と思うことがあったんじゃない？　積み重なった結果だったんじゃないかしら」

そんなものなのだろうか、と高屋が黙り込んでいると、三波が顔を向けた。

「高屋君だってそうでしょう？」

「なんでしょうか？」

「船岡山珈琲店で、ブチ切れたじゃない。これまで色んなことがあって、積もり積もって、あそこでスイッチが入っちゃった感じがしたけど」

それには何も言えず、高屋は思わず額に手を当てた。

「図星だった？」

いたずらっぽく笑う三波に、高屋は目をそらす。

聞かれたくない空気を察した三波は、そうそう、とすぐに話題を変えた。

「ちゃんと伝えたかったの。高屋君は私のことを騙されやすい人間だと思っちゃったみたいだけど違うからね。霊感占いのところでは、私も胡散臭いって思ってたよ」

「そうだったんですか？」

「もちろん。あえて騙されて、どんなことを言ってくるのか取材したかっただけ」

つまり自分は取材の邪魔をしてしまったのだ。その後に珈琲店で激昂《げきこう》したのだから、迷惑も甚だしい。

「……重ね重ね、すみません」

「いいのよ。おかげで、『船岡山アストロロジー』の謎めいた星読みの正体が分かったんだし。残念ながら、やっぱり顔出しはNGみたいだけど」

ま、仕方ないけど、と三波は肩をすくめる。

「私が行った時は、顔を出していたんだけどねぇ。どうして姿を隠すようになったのかしら」

真矢は少し不思議そうに洩らした。

「そりゃ、真矢さん。あんな子が表立ってやっていたら、ファンもつくけどちょっと面倒なことにもなりかねないじゃないですか」

あんな子？　と真矢は小首を傾げた。

高屋の中の違和感が浮き彫りになっていく。

境内に入り、十分ほど歩いただろうか、真矢と三波は、塔頭のひとつの入口を見付けて目を輝かせた。

「来たわね、高桐院《こうとういん》。細川忠興《ほそかわただおき》とガラシャ夫人のお墓があるのよね」

「もう入れるようになって、嬉しいですね」

高桐院は工事のため、しばし拝観を停止していたそうだ。

表門をくぐって鉤《かぎ》の手《て》に曲がると、一直線に続く自然石の細い敷石《しきいし》道が見える。

左右は手入れの行き届いた竹林であり、緑に染まった美しい景観だ。

真矢と三波が、素敵……、と口に手を当てる。

「ここは、侘《わ》び寂《さ》びの世界が具現化されているようね」

「ほら、高屋君、カメラを持って！　写真と動画を撮るわよ」

三波はバッグからカメラを出して、高屋の手の中に押し付ける。

「動画？」

「なんのために同行を頼んだと思っているの？　私が高桐院について説明する動画を撮って、公式サイトに上げるのよ」

「ちなみに私は、カメラの扱いが下手くそなのよ」

ようやく自分が付き添っている理由が分かり、なるほど、と頷きながら高屋はカメラを向けた。


「あらためてここは狭いエリアに結構、見どころがあるものねぇ」

近隣の取材を終えて、船岡山珈琲店に向かいながら、真矢はしみじみと言う。

高桐院での撮影を終えた後は、大徳寺の北側にある今宮神社へ向かった。

そこは、玉《たま》の輿《こし》にご利益があることで知られているという。

諸説あるが、西陣の八百屋の娘・お玉《たま》が徳川家光《とくがわいえみつ》の側室となり、後に将軍の生母になったことに由来しているそうだ。今宮神社は、お玉の氏神なのだ。

「私は、お腹《なか》いっぱいで苦しいです」

三波は、いろいろと食べ尽くした。

まずは今宮神社の参道にある名物『あぶり餅』、さらに新大宮商店街を歩きながら、鶏《とり》のから揚《あ》げ、せんべい、団子や大福などもだ。

大徳寺の隣にある和菓子屋で松風を買って食べて、最後は住宅街にある北の地を守護しているという小さな神社、『玄武神社』を詣った。

高屋はというと、その様子をカメラに収めていただけだ。

『すっごく、もちもちしています！』と、三波が言うのを高屋は何遍聞いただろう。何を食べても、もちもちもちもち、と。他の言葉はないのだろうか、と心の中で突っ込んでいると、真矢が言った。

『三波ちゃん、「もちもち」以外の言葉も欲しいわね。アナウンサーだったら失格よ』

そんな冷静な指摘に、三波は『真矢さぁん。私、アナウンサーじゃないですもん』と嬉しそうに言っただけで、その後ももちもち言っていた。

ちなみに真矢は、すこしつまんだだけでほとんど食べていない。

『私は、船岡山さんでのモーニングメニューを楽しみにしているから』

とのことだ。

船岡山珈琲店はランチタイムを終えて、『ＣＬＯＳＥＤ』の札がかかっている。

取材のために閉めているのかもしれない。

少し申し訳なく思いながら、扉を開ける。

「いらっしゃいませ、お待ちしておりました」

店内には、普段以上に髪や髭を整えたマスターの姿があった。

どうやら取材を受ける気、満々だったようだ。

柊もおそらく気合を入れているに違いない、と店内を見回すと、彼はカウンターの中にいた。いつもと変わらない様子で、「いらっしゃいませ」と微笑んでいる。

真矢は、柊を見て、「あら」と目を凝らす。

ほぼ同時にマスターが、「おや」と声を上げた。

「あなたは……」

真矢の顔を覚えているが、名前は出てこないようで、マスターは、ええと、と口ごもる。

「マスター。お久しぶりです、真矢です」

「そうそう、編集者の真矢さんだ。『太陽と月の人』ですね」

その言葉に真矢は、ぷっと笑う。

「そんなことまで覚えてくださっていたんですね」

「もちろんです。いや、これは嬉しいですね」

どうぞ、とマスターは、ソファー席を指して言う。

窓際の写真映えするであろう、明るい空間だ。

三波と高屋は並んで座り、真矢が向かい側に腰を下ろす。

柊が水を運んできて、再びカウンターの中に戻った頃、

「真矢さん、今の『太陽と月の人』ってどういうことですか？」

三波が食い気味に訊ねた。

彼女の勢いに圧《お》されて、真矢は微かにのけぞりながら、あはは、と笑った。

「前に鑑定してもらった時の話よ」

「あの、真矢さんはもしかして、マスターに鑑定をしてもらったんですか？」

高屋がうっすら感じていたことを問うと、真矢は、もちろん、と答える。

三波は、「あー、そっかぁ」と額に手を当てた。

「元々ここは、マスターが占星術鑑定をしていたってことなんだ。で、五年前に真矢さんを鑑定した後に、引退したんだ」

ほとんど独り言のような三波のつぶやきに、真矢はぱちりと目を瞬かせる。

「えっ、今は違う人がやっているってこと？」

店内には自分たち以外に客はいないというのに、三波は慎重に周囲を見回してから、「はい、お孫さんが」と小声で言う。

真矢はカウンターの中にいる柊に視線を送った。

「あの金髪の彼？　どこかで見たことがある気がしていたのよね」

「いえいえ、あの人の妹さんで、なんとまだ高校生なんです。それが美少女で」

まぁ、と真矢は驚いたように相槌をうつ。

「美少女占星術師なんて、まるでかつての『ヒミコ様』のようね」

真矢はそこまで言い、それで姿を隠しているわけだ、と即座に納得をしていた。

「どうして、マスターが姿を隠して鑑定しているのか不思議だったのよ」

そんな話をしていると、マスターがトレイを手にやってきた。

「お待たせしました。当店の名物『月曜日のモーニング』です」

テーブルに置かれたのは、撮影用に一人分。大きな白い皿の上にはサンドイッチとサラダが載っている。

サンドイッチは卵サンドだ。ゆで卵とマヨネーズで作る卵サンドではなく、卵焼きだった。一般的な卵サンドよりも、ずっと分厚い。

白いパンにサンドされている黄色い卵、サラダの緑にトマトの赤が鮮やかであり、シンプルなマグカップに注がれたコーヒーの黒も引き立っている。

「なんて映えるのかしら」

「それじゃあ、始めましょうか」

「はい」

三人は一斉に立ち上がり、撮影の準備に入った。

写真を撮るのは三波だ。簡易のレフ板で光を反射させながら、『月曜日のモーニング』を撮っていく。

三波は写真を撮りながら、美味しそう、と声を洩らした。

「これなら食べられそう」

「まだ食べられるんですか、すごいですね」

しみじみ洩らした高屋を、三波は横目で睨む。

マスターは、愉しげに笑いながら頷いた。

「モーニングメニューは人数分用意してますので、撮影が終わりましたら、ぜひ」

三波と真矢は、わあ、と目を輝かせた。


そうして撮影が終わり、実食だ。

三人は、いただきます、と手を合わせて、サンドイッチを口に運ぶ。

「……美味しい、たまらない」

三波が悶《もだ》えている。大袈裟ではあるが、高屋も同感だった。

食べてみるまで分からなかったが、クリームチーズも挟んである。卵焼きはふわふわで、クリームチーズの濃厚さが卵のまろやかさを引き立てていた。

「こんな分厚い卵のサンド、初めて食べました」

近くで話を聞いていた柊が、あはは、と笑う。

「京都には、こういう厚い卵焼きのサンドイッチを出す名店がいくつかあるんですよ。うちは何番煎じかって話で」

その言い回しにマスターは肩をすくめて、話を引き継ぐ。

「厚焼き卵サンドの名店で食べた時に感動しましてね。ぜひ、自分の店でも出したいと思ったんです。柊の言う通り、何番煎じかの店ですが、クリームチーズが挟んであるのは、この店のオリジナルなんですよ」

マスターの話を聞きながら、三人は、へぇ、と相槌をうつ。

「週に一度だけ、月曜日にモーニングを出すのは、どうしてですか？」

真矢が問いかけると、単純な話ですよ、とマスターは笑う。

「一週間のスタートに良い時間を過ごせたら、その週はすべてうまくいきそうな気がしませんか？」

なるほど、と真矢は強く頷いた。

「前にマスターが言ってくれた言葉を思い出しました」

「太陽と月の話ですね」

「そうです。その節は本当にありがとうございました」

真矢が頭を下げると、マスターは、いえいえ、と首を振る。

「ところで『お洒落メシ』さんは観光名所も併せて載せているようですが、この辺りのことも紹介していただけるんでしょうか？」

照れくさくなったのかマスターは、話題を変える。

真矢が、はい、と頷いた。

「大徳寺に今宮神社、玄武神社、そして商店街の美味しいものをまわってきました」

「あと、建勲神社は先日取材したばかりなので、今日は行かなかったんですが、掲載する予定です」と三波は続ける。

「では、船岡山の国見の丘は？」

「国見の丘……」

三波と高屋が顔を見合わせる前で、真矢は小さく笑って言う。

「ここを出たら二人を案内しようと思っていました」

それはぜひ、とマスターは嬉しそうに頷いた。

3

マスターが言っていた『国見の丘』は、建勲神社の少し先にあった。

神社の境内から、国見の丘に抜ける散歩コースがある。

船岡山は、山というよりも小高い丘だ。ハイキング感覚で歩くことができる。

道なりに歩いていくと、整えられた階段が目に入った。

すでに陽は落ちかけていて、空と町が茜色《あかねいろ》に染まっていた。

横を向くと左大文字山だ。中腹に『大』の字がくっきりと見える。

三波が、うわぁ、と声を上げて両手を広げた。

「こんなところに、絶景ポイントが！　知らなかったです。ちょっと悔しい」

「素敵でしょう。十年前、初めてここに来たのよ」

真矢は、体を伸ばしながら言う。

「初めて鑑定してもらった時ですか？」

高屋が訊ねると、真矢は、そう、と頷いた。

「正確に言うと鑑定してもらう前に、建勲神社とここに寄ってから、『船岡山アストロロジー』に行ったの」

この前の私たちと一緒ですね、と三波が言う。

「『船岡山』って名前がついてたから、寄った方がいいかなって感じだったのよね」

真矢はそう言うと案内板横の石のベンチに座った。

三波は真矢の横に、高屋は隣のベンチに腰を下ろした。

「真矢さんは、どんなことを相談したんですか？」

相変わらず遠慮なく訊ねる三波に高屋は苦笑したが、真矢は微笑んで答える。

「あの当時、私はすっごく迷っていたの。まあ、働く女の悩みとしては、ありきたりなもので、『彼との結婚を選ぶか、仕事を取るか』というよく聞くものね」

京都の町並みを眺めながら、真矢はしみじみと言う。

「真矢さんは、大阪の方と知り合って結婚したんですもんね……？」

そう、と頷いてから、真矢は首を伸ばして高屋の方を見た。

「高屋君、実は私、本社勤めのラストは『匠のストーリー』を担当していたのよ」

ええっ、と高屋は思わず声を上げた。

自分が憧れてやまない編集部に、今の上司がいたというのは不思議な気分だ。

「その時の仕事でね、大阪の小さな工場で、世界に誇れる部品を作っている技術者の若き二代目工場長を取材することになったのよ。それが、今の夫」

今度は三波が、えええっ、と声を張り上げる。

「私は彼に出会ってすぐ、もうアッという間に恋に落ちちゃったのよ。彼を取材しながらドキドキして。それまで恋愛なんて目もくれずに仕事をしていたから、恋を自覚したら制御できないくらいでね。その後、がんばってアプローチして、付き合えることになって、少しの間、遠距離恋愛をしたのよね。私は素直に彼と結婚したいと思ったし、彼も『葉子さえ良ければ』って言ってくれた。でも、彼はどうやっても大阪から動けないのよね」

「工場長ですもんね」

そうなのよ、と真矢は頬杖をつく。

「別居結婚も考えたのよ。彼は、そうしてもいいよって言ってくれた。だけど、それは私が嫌だったのよ。そもそも遠距離恋愛がつらかったの。別居結婚をしたら、さらにつらいだろうことは予測がついた。だから大阪に行こうと思った。幸いなことに大阪支社があるし、『地域限定職』制度もある。でも、そのことを上司や同僚に相談したら、『目を覚ませ』って猛反対。『キャリアを手放すなんてもったいないことをするな』って」

真矢は当時のことを思い出したのか、弱ったように肩をすくめる。

「私も仕事が楽しかったし、それなりに出世欲もあったから揺れてしまって」

それで鑑定を？　と高屋が問うた。

「そうなの。船岡山のことは、たまたま噂を聞いたのよね。大阪に来たついでに一度占ってもらおうと思って行ったのよ」

懐かしいなぁ、と真矢はその時のことを語り始めた。

*

——十年前。

船岡山珈琲店のカウンター席に私はいた。

マスターは私の話を聞きながら、丁寧にコーヒーを淹れている。

私の悩みをひとしきり聞いたマスターは、どうぞ、とコーヒーカップを前に置き、そっと眉尻を下げた。

『それは、難儀ですね』

試し読み

僕は目が見えなくなる、ということについて考えた。職業的にはいつもそのことを考えているのだけれど、今日は見えなくなることをもっと深く捉えようとしていた。

ある朝起きて、なんとなく目が見えにくくて、それからすぐに見えなくなる。残念ながら、それは珍しいことではない。ごく普通に生活している人にも、起こり得ることだ。

北見先生が、いま見えていることが奇跡だと言ったのは、決して大げさな注意喚起などではないのだ。

目というのは、小さな器官だけれど、あまりにも複雑でその広範な機能を人はまだ解明できていない。ましてやそこで起こる故障のメカニズムは完全に解き明かされているわけではない。目やその周辺だけでなく、脳や、身体のさまざまな器官や、心までが関係する視機能の全体を、把握するのは至難の業《わざ》だ。すべてが上手く稼働したときに「見える」という現象がようやく一人の人の中で起こる。

誰かと向き合い、誰かの瞳を覗き込むとき、「奇跡」の精密さを感じている。ああここにも奇跡がある、と、心のどこかで思っている。

目とは今この瞬間を捉え、未来を探すための器官だ。

光を捉えるということは、可能性を捉えるということだ。その可能性を失おうとしている人たちを救いたい。上手く言葉にはできないけれど、それを日々の業務によって示していくのが、僕らの仕事なのではないかと思った。救いたいという言葉を上手く思い浮かべられなくなるほど、目の前のことに集中しているから、こんなにも思い悩むのかも知れない。僕らはいつも、当たり前のようにそこにある「奇跡」に手を差し伸べたいと思っている。

（第2話「瞳の中の月」より）

グラム

跡

医院の
ん

北見治五郎《きたみ・じごろう》

北見眼科医院院長。
穏やかで朗らか。

剛田剣《ごうだ・けん》

看護師。
週四日もトレーニングに通う。

あらすじ

衣
まい
師。
趣味。
魔。

新人視能訓練士の野宮恭一は、街の小さな
眼科医院で働きながら、仕事とは何か、見え
るというのはどういうことかを学んでいく。
清々しく温かくやさしい、心に沁みる物語。

キャラクターデザイン／みづき水脈

北区ってこんなところ

京都市の北西に位置し、賀茂川の清流や北山杉の山並みなど豊かな自然に恵まれ、また、世界遺産の神社仏閣等があり、五山送り火や葵祭などの伝統行事も数多く受け継がれています。まちなかには、よく手入れされた畑が点在し、賀茂なすやすぐき菜等の京野菜も栽培されています。日常の中に、自然と歴史文化を身近に感じることができる、住んでよし、訪れてよしのまちです。

船岡山エリアってこんなところ

船岡山は、京都市北区にある高さ112メートルほどの小さな丘。その形が船を伏せたように見えることから「船岡」と呼ばれてきました。自然が豊かな船岡山の周辺には、織田信長や豊臣秀吉など、戦国武将にゆかりが深い社寺が点在する一方、最近では、鞍馬口通や新大宮商店街など、店主のこだわりが詰まったおしゃれなショップやカフェが建ち並びます。船岡山エリアは、今京都で注目を集めるスポットのひとつです。

そう言うとマスターは、私の出生図がプリントされた紙に目を向けた。

『そうなんです。地方支社限定では大きな仕事はできないと思うと、やっぱり本社にいたい気持ちもあって。彼のことは好きなので、結婚したいんです。思い切って別居結婚にチャレンジするのも悪くないでしょうか？』

マスターは、うーん、と顔をしかめる。

『そうですねぇ。ここでわたしが「別居結婚を選んだ方がいい」と言っても、「大阪に来た方がいい」と言っても、はたまた「その人との結婚は諦めた方がいい」と伝えたとしても、あなたは納得しないでしょうし、どれを選んでも必ず後悔をするでしょうねぇ』

え……、と私は眉根を寄せた。

『わたしは、そんな悪役は引き受けたくないですねぇ』

鑑定料もいらないですよ、といたずらっぽく笑うマスターに、私は目を丸くして、身を乗り出した。

『そんな。星を視てください。参考にしたいだけなので』

ふむ、とマスターは腕を組んで、出世図の円の中を指差す。

『あなたの表看板である太陽は「獅子《しし》座」。華やかな舞台でリーダーとして光り輝く星座です』

それは自分もよく知っていることで、私は素直に頷いた。

『そんなあなたの、心をあらわす月は「蟹《かに》座」です。これは、家庭や安らぎを意味しているんです。安心できる居場所を求める暗示ですね』

『それじゃあ、やっぱり彼と一緒にいる方が安らげるということでしょうか』

『そうとも言えます。ですが、周りの方々が言うように、もしかしたら彼じゃなくてもいいかもしれない。同じ都内在住の方と結婚して、家庭を築きながら仕事をバリバリ続けることもできます』

その言葉に、自然と険しい表情になってしまっていた。

彼以外の人と結婚なんて、考えたくもなかったのだ。

『そうそう、あなたは先ほど、「国見の丘」に行ってきたんですよね？』

急に話が変わったことに戸惑いながら、はい、と頷くと、マスターは続けた。

『あそこは、京の町の始まりなんですよ』

『始まり？』

『かつて桓武《かんむ》天皇《てんのう》は、あの場所から見渡せる景色を眺めて、遷都を決めたそうです』

それは知らなかったことで、へぇ、と私は相槌をうつ。

『つまり、「ここに遷都しよう」と心が決めたから、平安京――京都ができたんです』

当たり前の話だが、そうですね、と私は答える。

『それは、すべてに当てはまる話なんです。陰陽という文字は陰が先に来ますよね。この世の有形無形のすべては陰――「心」や「想い」が先にあって「形」になります。占星術にしても同じことなんです』

私が何も言えずにいると、これはあなたに限らずですが、とマスターが話を続けた。

『「月」が充実することで、「太陽」が輝けるんです』

月は、心、内面。太陽は外側、社会に出ている自分だとマスターは言う。

『ですが、月を充実させる方法はいろいろあります。どうするかは「自分で決める」ことが大事です。占いやカウンセラーは、あなたが言ったように、あくまで参考程度、そこに自分の心を預けて、考えることを放棄してはいけません。あなたはしっかり、自問自答しなくてはならない。どうやったら、自分の心が充実するのか』

『その答えが出たら、行動するんですね？』

『はい。ですが答えを出したら、行動の前に、自分で決意表明をするんです』

『決意表明？』

『私は、こうすることに決めました！　って声に出しても、頭の中でも、ノートに書いてもなんでもいいんですが、自分の決意に決定印を捺《お》すんです』

『そうしたら、上手くいくんですね？』

『どうでしょう？　ただ、内側が整うことで、外側が輝きます。それを上手くいくといえばそうでしょう。ですが、どんな道にも苦労はあり、後悔もするかもしれない。ですが、自分が決定を下して動いたこと、つまり納得したうえでの選択ならば誰のせいにすることもなく人生という旅を楽しめるのですよ』

マスターはそう言って、にこりと微笑んだ。

＊

「――そんなわけでね、その時はちゃんと星を視てもらったわけじゃないの。だから鑑定料もいらないっていうから、せめてと思って食事をして帰ってきたんだけど……」

真矢は、ふふっと愉しそうに口許《くちもと》を緩ませる。

三波は、そんなことがあったんですねぇ、とつぶやいた。

「それで、真矢さんは、彼と結婚して大阪に来ることを選んだんですねぇ」

そういうこと、と真矢は少し気恥ずかしそうに笑う。

「長く自問自答されたんですか？」

高屋が問うと、真矢は「ううん」と首を振った。

「マスターと話しながら、心がどんどん決まっていくのを感じてたの。『彼と一緒にいたい。他の人じゃ嫌だ』って。それで心が満たされれば、どんな場所でも楽しく仕事ができるって確信したのよねぇ」

真矢は立ち上がって、背筋を伸ばす。

「マスターには感謝しているのよ。あの時、突き放してくれて良かったなって。あとね、占星術について素敵な言葉を聞いたのよ」

素敵な言葉？　と高屋と三波は顔を上げる。

真矢は、そっと口を開き、マスターの言葉を告げた。

——西洋占星術の起源は、紀元前二千年のバビロニアと言われています。今より約四千年も前に生まれたものなんです。四千年前の人間と今の人間の能力に大きな差なんてないものです。人間の知恵を結集させたら、宇宙にまで行けてしまう。当時は、その能力のすべてを「占星術」に注ぎこみました。今は「占い」の一つでしかありませんが、かつて西洋占星術は、学問で科学だったんですよ。


「その言葉を聞いて、星って素敵だなと思って、『ルナノート』を企画したの」

高屋と三波は、顔を見合わせた。一瞬の間の後で、ぷっと笑う。

「どうかした？」

三波は、いえ、と口に手を当てながら、ふふっと笑う。

「桜子ちゃんがまったく同じことを言っていたんですよ」

そうだったんだ、と真矢は頬を緩ませる。

「マスター自身、若い頃に出会った不思議な星読みに、この言葉を言われて占星術に興味を持ったそうだから、見事に引き継いでいっているのね」

高屋も、うんうん、と頷きながら、真矢を見た。

「真矢さんが、最後にマスターに会いに行ったのは、五年前だそうですが、その時、何かあったのでしょうか？」

ああ、と真矢は笑う。

「『ルナノート』と『お洒落メシ』が同時期に全国誌になってね、賞をもらったのよ。とても嬉しくて、その報告とお礼かたがた、あらためて自分の出生図について教えてもらいたいと思って伺ったの。その時に『あなたは本当に、太陽と月をバランス良く使ってらっしゃる』ってマスターは言ってくれたのよね」

「素敵な話ですねぇ」

三波はしみじみと言って、空を仰いだ。

傾いていた陽はもう落ちていて、月の姿がくっきりと見えていた。

「ねぇ、高屋君はどうして、占いが苦手になったの？」

さらりと聞いてきた真矢に、高屋は一瞬顔を強張らせた。

もう少し前に同じようなことを問われていたら、自分は拒否反応を起こしただろう。

だが、今は……。

何事にもタイミングがあるのかもしれない。

「……小学生の頃、父の浮気が発覚したんです」

そう言うと、三波は驚いたような表情をし、真矢は沈痛の面持ちで目を細める。

「最初、母が強気で父を責めていたんですが、父が『離婚したい』と言ったことで、夫婦間の形勢が逆転したんです。母は、父をつなぎとめておきたいと不安定になりまして、自己啓発のセミナーやスピリチュアルの会合、占いなどに嵌り出したんです」

そこまで言うと真矢は、申し訳なさそうに眉を下げた。

「そっかぁ、それは仕方ないわね」

これ以上はもう話さなくて良いとばかりに、うん、と納得したように頷く。

ここで、会話を切り上げることができて、高屋は安堵《あんど》と同時に残念にも感じていた。

打ち明けてすっきりしたい気分になっていたのだ。

最後に母がのめり込んだのが、天才美少女占星術師・ヒミコだった。

家にある金を『星の巫女』につぎ込んで、彼女に会いに行くようになった。

やがて父と離縁。高屋は父に引き取られた。

その父はすぐに再婚した。兼ねてから付き合っていた女性が妊娠したためだ。

居場所がなくなった高屋は、父方の祖父母の家に預けられることになった。

ちなみに母がその後どうなったのかは知らない。

『星の巫女』は、被害者の会の告発により、ヒミコの両親が逮捕されたことで、もちろん解散した。

あの母もいい加減、目を覚ましたことだろう。

このことは、前の上司、大平編集長にしか打ち明けていなかった。

高屋が俯いている傍らで、真矢は立ち上がった。

首を伸ばし、手庇《てびさし》を作っている。

どうやら、何かを探しているようだ。

「真矢さん、どうかしました？」

「ええと、もしかしたら見えるかと思って」

真矢は手庇を作ったまま、地平線に目を向ける。

ややあって、「あった！」と南の方角を指差した。

「見て、あれ、『カノープス』って星よ」

「カノープス？」

高屋と三波は揃って首を傾げる。

「カノープスはね、夜空に輝く星のうち二番目に明るいって言われている星なんですって。中国では『南極老人星』と呼んでいるそうで、この星を見ると寿命が延びるという言い伝えがある幸運の星なんですって。かなり低空にしか見えないから、なかなか目視ができない星なんだけど、この船岡山からは観察できるのよ」

真矢が言う通り、南の地平線上に、赤みがかった星が輝いている。

「ちょっ、真矢さん、それ先に言ってくださいよ」

三波は慌ててカメラを取り出し、撮影をしていた。

「ごめんごめん、見えない時期もあるとかで、言えなかったのよ。こうして三人でいる時に見えるなんて、ラッキーよね」

真矢は屈託なく笑う。

――月（内側）が整って、太陽（外側）が輝く。

そう思えば、あの頃の母が何もかも上手くいかなかったのは、仕方がないのかもしれない。心が乱れたままに行動を続けていたのだから。

深呼吸をして、自分の足元をしっかり確認しての行動ならば、何かが違ったのかもしれない。

まずは、心を整える。

マスターが月曜日にモーニングを出すのは、そういうことなのだろう。

週の初めに心を充実させて、最高のパフォーマンスをしてほしいという願いがこもっているのだ。

高屋は南の地平線に輝くカノープスを眺めながら、今後できる限り月曜日のモーニングを食べていきたい、としみじみ思った。

第三章　水曜日のアフタヌーン・ティー

1

船岡山書店の仕事は、開店一時間前の午前九時からスタートする。

土曜日の朝、桜子は京子と共に店舗に降りてきて、まずは掃除を始めた。

モップで床を磨きつつ、棚の確認をしていく。

友人に、『祖母が経営する書店でバイトをしている』と伝えると、『いいなぁ』という言葉が返ってくることが多い。

『本に囲まれて仕事するなんて、素敵だね』という言葉には頰を緩ませて、『でも、暇で退屈じゃない？』そんな言葉には、顔をしかめる。

ここは、もう声を大にして反論したい。

本屋は意外と忙しい。

桜子はすっくと立ち上がり、オープン前の店内を見回した。

床にはビニールの包みと段ボールが山積みされている。

ビニール梱包《こんぽう》は雑誌、段ボールは書籍だ。

掃除を終えたら、即座に開梱《かいこん》。先に出すのは、雑誌だ。

速やかに店頭に並べていくのだけど、そう簡単な話ではない。まずは『雑誌抜き』の作業に入る。前号の残りや動きの鈍いものを抜いて、場所を作っていく。この取捨選択がなかなか難しい。

「パズル系雑誌とかはもう、こっちがパズルをやっている気分になる……」

ぶつぶつ言いながら、雑誌抜きをして、新しく入荷したものを出していると、

「おはようございます」

と、九時半から、パートの智花が入店する。

京子はレジの準備をしながら、桜子はしゃがみ込んだ状態で、「おはようございます」と挨拶を返す。

「今日もたくさん届いてますねぇ」

智花は少し愉しそうに言いながら、いそいそとエプロンを身に着けた。

「そうなの。コミック発売日だから」

「それじゃあ私は、シュリンクやりますね」

シュリンクとは、シュリンク包装のこと。熱を加えると縮むフィルムの性質を利用してコミックなどを包む。

智花は、コミックの段ボールをよいしょと持ち上げて、台車に載せる。

本が入っている箱は重い。小さな店だが、持ち運びには、台車を使うようにしていた。それでも台車に載せる際、腰を痛めないように気を付けている。

箱は、体を捻らずに、まっすぐに持ち上げるのが書店員の鉄則だ。

「ありがとう。私は、客注やっちゃうね」

あっ、と京子が声を上げた。

「桜子、今日発売の『美しい建物』の取り置きもやで」

「お祖母ちゃんのだね」

京子は、若い頃、建築士に憧れていたそうで、建築関係の雑誌を愛読している。

ちなみに客注とはお客様からの注文、つまりは取り置きのこと。本や雑誌の注文はもちろん、定期購読も併せて確認し、レジ裏の棚へと移していく。

――なのだが、

「え、なにこれ。新刊の文庫、客注分しか入荷してないけど！」

桜子は箱の中を覗《のぞ》いて声を張り上げ、どういうこと？　と勢いよく京子の方を向く。

京子は、決まり悪そうに肩をすくめた。

「まぁ、うちみたいな小《ち》っさい店は、なかなか発売日に新刊が入ってきぃひん。そやから、常に買《こ》うてくれたはるお客様に声を掛けて、客注するんや」

「どうして？　ちゃんと発注してるんだよね？」

もちろんや、と京子は強く頷く。

「配本は発注よりもデータを基に決まるさかい、続編ならいざしらず、新刊のデータなんてそもそもあらへんやろ？　そしたら必然的に常日頃、たくさん本を仕入れている大型店を優先に入荷されてしまうことになるんや」

「何それ、嘘でしょ」

「ほんまやで。大型店に新刊が入荷していて、近くの小さな店には入ってへん、そんなことが起こると『この店はやる気がないんか』て言われることがある。そやけど、ちゃうねん。やる気は負けてへんのやけど、なかなか難しいんや」

ええー、と桜子は脱力したように吐き出す。

「そんな、世知辛い……」

肩を落としながら、荷出しをしていく。

出版社からの販促物を見付け、桜子は、あれ、と目を見開いた。

「今度発売される新刊の拡材……？」

拡材とは、書店における拡大販売材料の略。いわば作品を飾るＰＯＰ台だ。

「他にもシロクマのブックカバーとか栞《しおり》も入ってる」

「ああ、耕書出版さんやろ。あそこの営業さん、うちみたいに小さい店にも送ってくれるんや。そのシロクマは耕書文庫五十周年記念に作った新しいキャラクターなんやて」

「そうなんだ、可愛い……」

拡材等を手に取りながら落ち込みかけていた心が浮上し、桜子は頬を緩ませた。

2

月曜日にモーニングを出す船岡山珈琲店だが、もうひとつ決まっていることがある。

それは水曜日――こちらも営業していた場合はだが――午後五時以降にアフタヌーン・ティーを出すそうだ。

しかし、そもそもアフタヌーン・ティーとはランチ以降、ディナー前の隙間時間に紅茶と軽食を愉しむもの。

ディナー時間にそうしたものを嗜《たしな》む場合は、アフタヌーン・ティーではなく、ハイ・ティーと呼称が変わる。

そのことを高屋が伝えると、マスターは、ははは っ、と笑っていた。

高屋がぼんやりと考えごとをしながら、コピーを取っていると、
いきなりマル編集長が背後に現れて高屋の背中を叩いた。本人は軽くのつもりだろうが、不意打ちだったため、ごふっ、と高屋の口から妙な音が出る。

「そうや、高屋君」

高屋は眼鏡の位置を正して、振り返る。

マル編集長の隣には、営業の柿崎の姿もあった。

「なんでしょうか?」

「一日、営業に同行してみるていうのはどうやろ」

はい? と高屋は目を丸くした。

今思いついたんやけどな、とマル編集長は続ける。

「うちは本社と違《ちご》て、ワンフロアに編集から営業までひしめきあってる状態やろ？　うちの営業は、仕事が早くて、対応がきめ細かいてめっちゃ評判がええ。少し営業の仕事を勉強させてもろたらええんちゃうかなって」

突然の申し出に、高屋は絶句したが、柿崎はにこやかに頷く。

「教えられることなんて何もないけど、せっかくだし今日、同行してみる？」

「そら、ええな！」

とマル編集長は笑う。

一日だけ同行しても何も分からないんじゃないだろうか？　と心の中で思うも、そこは社会人として、「よろしくお願いします」と頷いた。

「それじゃあ、午後から書店さんをまわるから、その時に声かけるね」

と、柿崎はにこやかに背を向けたかと思うと、そうそう、と振り返る。

「俺、『K出版のいち営業マン』でSNSもやってるから、良かったらチェックして」

そう言うと彼はデスクに着いて、スマホを手にしていた。

高屋も自分のデスクに戻り、スマホではなくパソコンを使って、彼のアカウントを検索すると、すぐにヒットした。なかなかのフォロワー数だ。

『久々、大阪支社に帰ってきました。東京も良かったけど、大阪支社に戻るとホッとするなぁ』

これは先日のつぶやきだ。

それに対してたくさんのリプライがついている。『Kさん、実家東京やのにw』『すっかり大阪に馴染んでるんですね』『関西に永住してください笑』などなど。

驚いたことに、リプライのほとんどが書店員のようだ。

彼のつぶやきを見ていくと、『一押しの作品、今日発売です！　よろしくお願いします』と新刊の画像を載せている。『K出版』と一応会社名を伏せておきながら、これではバレバレではないか、と思ったが、そこは暗黙の了解のようだ。

そのつぶやきには、作品の著者も『Kさん、ありがとうございます。たくさんの人に読んでもらえますように』と反応している。

「…………」

SNSを駆使し、書店員や作家とこんなに密接になる。大阪支店の営業は、仕事が早く対応がきめ細かいと評判になるのも分かる気がした。

その評価は柿崎の手腕なのだろう。勉強にはなるが、自分には無理そうだ。

画面を閉じて顔を上げる。

もう一人の営業、朽木の方に目を向ける。彼は自分のデスクについたまま、気だるそうにパソコンのディスプレイに向き合っていた。

柿崎と朽木は、まるで正反対だ、と高屋は苦笑した。

3

午後になり、不本意ながら高屋は営業に同行した。

大阪の梅田には、西日本で一番売れている書店があるという。

「こんにちはぁ、耕書出版です」

柿崎は難解な駅中を迷いもせずに進み、書店に入る。

東京の駅中書店とはまた違う、活気のある雰囲気に高屋は少し驚いた。

店内で品出しをしていた書店員は、笑顔で立ち上がる。

「あっ、柿崎さん、お疲れ様です。プルーフ、ありがとうございました。昨日、感想送ったんですよ」

読みましたよぉ、と柿崎は目を細める。

「あんな熱い感想送ってもらったら、すぐ来るしかないでしょう」

プルーフというのは、言うなれば、刊行前に校正刷りを簡易製本したものだ。単行本などを発売する前、試し刷り版を作り、書店に送ることがある。

もちろんプルーフを作るのもそれなりにお金がかかる。『こんなに良い作品だからたくさん仕入れてください。そして大きく展開してください』という出版社の販促活動だ。

「でも、あの作品、ネタバレしないように紹介するのが難しそう」

「腕の見せ所ですねぇ。楽しみです」

もう、と書店員が笑う。

「今度、相笠先生の新刊も出ますので、そちらもどうぞよろしくお願いいたします」

「もちろんです。今回の相笠先生の新作、ヴァンパイアなんですねぇ。お洒落な拡材届きましたよ」

「千年生きたヴァンパイアが、暇つぶしに過去の未解決事件を解いていく。面白いですよぉ。そして拡材良かったでしょう。あれ、うちが作ったんですよ」

「ですよね。写真の洋館とか、神戸《こうべ》の北野異人館街っぽいって思ってました」

「よく分かりましたね。神戸が舞台なんで、俺写真撮りに行ったんですよ。相笠先生、ずっとヴァンパイアものを書きたかったそうで、満を持してなんですよね」

よろしくお願いします、と柿崎は頭を下げて、次の書店へと向かう。

柿崎は、終始同じ調子で書店員と雑談を楽しんでいた。


夕方までの間に大阪市内の大きな書店を七ヵ所まわり、ようやくオフィスに戻れることになり、高屋は疲弊した状態で柿崎と共にエレベータに乗り込んだ。

「疲れたでしょう、高屋君」

上昇していくエレベータの中で柿崎が優しい口調で言う。

高屋は、はい、と力なく頷く。

最初はただ雑談しているだけではないか、と疑っていた。だが、それはまぎれもなく『営業』であり、柿崎は仕入れの冊数を確保していった。

声を掛けられた書店員たちは皆、嬉しそうだった。版元（出版社）の営業に直接お願いをされて、モチベーションにつながっているように見えた。

彼はすごいな、と高屋は素直に思った。

「そうそう、高屋君って、どこに住んでいるんだっけ？」

「京都の鞍馬口通です」

「えっ、そんな山の中？　通うの大変そうだね」

柿崎がそう言って笑った時、エレベータの扉が開いた。

すぐ目の前にオフィスの入口がある。

お疲れ様でした、と高屋は自分のデスクについて、小さく息をついた。

ふと顔を上げると、朽木は今もパソコンに向き合ったままだ。

おそらく、今日一日出かけていないだろう。

柿崎はあんなに動き回っていたというのに……。

「…………」

もやっとしたが、自分には関係ないこと、と高屋は顔を背けた。

4

その日は取り急ぎやることもなかったので、高屋は定時でオフィスを後にした。

大阪支社に来て間もない自分が定時に退社なんて、と気が引けたが、マル編集長が「帰れる人は帰るんやで」と声を掛けてまわるので、帰りやすい。

オフィスの出口の側に、営業のデスクがある。

朽木はまだ、机の前だ。

「…………」

一日中席にいて、何をしているのだろう？

首を伸ばして確認すると電子書籍版のコミックを読んでいた。しかも他社の作品だ。

マンガを読んでるのかよ、と高屋は顔をしかめる。

視線に気付いた朽木は、ちらりと高屋を見て、

「お疲れさん」

ぼそっとつぶやいた。

高屋は、お疲れ様でした、と会釈して、そのままオフィスを出ようとして、足を止めた。

「あの……朽木さんは、柿崎さんのように書店まわりとかしないんですか？」

そっと訊ねると、朽木はけだるそうに口を開く。

「あー、俺、そういうの苦手だから、全部、柿崎に任せてるんだ」

高屋は、そうなんですか、と答える。じゃあ、あなたは何をしているんですか？と心の中で訊ねる。

「マル長に聞いたけど、船岡山さんとこの上でお世話になってるって？」

「あ、はい。ご存じなんですね？」

まー、と朽木は頭をぼりぼりと掻く。

「去年かな。俺もあそこで占ってもらったことがあるんだ。それで働き方改革をしたっていうかさ」

思わぬ事実に、高屋の言葉が詰まった。

だとしたら、朽木はあそこで占ってもらった結果、柿崎に仕事を全部押し付けて、自分はデスクで漫画を読むような人間になったということか？

昼間の柿崎の働きぶりを思い返すと、怒りを覚えてきた。

嫌味の一つも言ってやろうかと思った時、そうだ、と朽木がぼそっと口を開いた。

「あそこに帰るんだったら、鞍馬口駅よりも一つ向こうの北大路駅で降りて、バスを使って『大徳寺前』で降りた方が圧倒的に楽だよ」

ふつふつとこみ上げていた炎のような感情は、その言葉で急に鎮火した。

どうも、と高屋は再び会釈をして、オフィスを出た。

梅田から北大路駅まで、約一時間。

北大路駅は、バスターミナルと連結している。バスの本数も多く、乗車後すぐに最寄りの停留所『大徳寺前』に着く。

朽木が言っていた通り、『圧倒的に楽』だった。

玄武寮に住み始めて、まだ日も浅い。これまでは少し距離のある鞍馬口駅まで歩いて通っていた。元気な朝は良いが、夜は少し疲れを感じていた。

朽木に感謝するのは癪《しゃく》だが、この情報はありがたい。

そう思いながら、玄武寮へ帰る。

『船岡山』という、看板が見えてきた。

書店の方は、午後七時で閉まるため、京子と桜子が閉店作業をしているのが見える。

珈琲店は、カウンターの中でマスターと柊が何やら話している様子だったが、扉には『CLOSED』の札がかかっている。

今日の夜は、開けていないようだ。

夕食は、珈琲店でと思っていたため、残念な気持ちを抱きながら、建物の横から裏へと回った。

そこに玄武寮の入口がある。

鍵を使って扉を開けると、板張りの階段が見えた。

まるで社寺にあるような古めかしく大きな靴箱に、高屋は靴を入れて、スリッパを取り出し、階段を上ると、ギシギシときしむような音がする。

二階に辿り着くと、長い廊下が見えた。

扉は三つ。奥がマスターたちが住む家であり、少し距離をあけて隣に柊が住む部屋、一番手前が高屋が借りた部屋だ。

今度は部屋の鍵を出して、部屋の扉を開ける。

桜子が言っていたように、ここは旅館の一室のようだ。

靴は下で脱いでいるので必要はないが、小さな玄関があり、手前に板の間があって、その向こうに畳が広がり、突き当たりに窓がある。

窓は障子の引き戸が付いていて、その向こうは、広縁のように板張りだ。そこに元から椅子一つとテーブルがあった。

広縁には隣の寝室へと続く扉がある。ここは2DKなのだ。

玄関の右側には、ホテルの客室についているようなトイレ・洗面台・浴槽が三点セットのユニットバスがあり、左側がキッチンだ。

そこには、急いで購入した小さな冷蔵庫と電子レンジ、畳の上には、座卓、そして押し入れの中にプラスチック製の衣装タンスが入っている。

押し入れがなかなか広く、タンスを入れていてもまだ余裕があり、今後、本棚にしようと考えていた。

高屋は手を洗ってから、冷蔵庫の扉を開ける。

働く大人はここで缶ビールなどを出して、広縁の椅子でグイッと飲むのだろうが、高屋はビールが苦手だった。冷蔵庫の中には、ペットボトルのミネラルウォーターとアイスコーヒー、そして牛乳しかない。

ミネラルウォーターを口に運んでから、さて、どうしたものか、と腕を組む。

この界隈には、いくつかスーパーがある。大徳寺の方には新大宮商店街もある。

そこで何かを買ってくるか、はたまた外食にするか……。

考え込んでいると、ピコン、と高屋のスマホが音を立てた。

見ると柊からだった。

『高屋君、お帰り〜。僕たち今、新メニューを考えていたところなんだけど、良かったら試食してくれないかな』

神宮司家の皆は最初、『高屋さん』と呼んでいたが、いつの間にか『高屋君』に変わっている。桜子だけは変わらずに『メガネ』のままだが――。

新メニューの文字に、急にお腹がすく気がした。

『喜んで』と返信して、そそくさと下に降りる。

高屋が珈琲店に足を踏み入れると、カウンターの中にいた柊が笑顔で振り返る。

今はオフのようで、制服ではなくTシャツ姿だ。

そのTシャツには、『冬を過ごした者に、春は訪れるんだなぁ』と至極当たり前のことが書いてある。

「おー、お疲れ様」

マスターはカウンターの中にいて、京子と桜子がソファー席に座っていた。

京子は高屋を見て、手招きする。

「高屋君も、こっちに座り。一緒に食べよ」

桜子は微かに眉を顰めたが、特に異論はないようだ。

すみません、と高屋は会釈をして桜子の隣に座る。彼女はぎょっとした。

「ちょっ、どうして、私の隣なわけ？」

「上座に座るわけにはいかないので」

上座って、と桜子は顔をしかめ、「まぁ、ええやん」と京子は笑う。

「あの、新メニューって？」

それについては桜子が答えた。

「ここ、水曜日の夜にアフタヌーン・ティーのセットを出すじゃない？」

その時間はアフタヌーン・ティーというより、ハイ・ティーだろう、とまたも心の突っ込みが浮かんだが、高屋は黙って頷く。

「季節ごとに出すメニューを変えてるのよ。ようやく春のメニューが決まったんですって」

「もう、すっかり春やし、遅いくらいなんやけどな」と京子。

「本当だよね。今からなら初夏のメニューを考えてもいいくらいよね」

まあまあ、と柊が手をかざす。

「ようやく、ビビッと来るメニューができたということで」

はーい、と京子と桜子は、素直に返事をする。

ややあって、マスターと柊が、セットを運んできた。

アフタヌーン・ティーは、祖母が好んでいて、年に一度、祖父母と共に都内のホテルで食していた。三枚の皿がスタンドにセットされていて、小さなサンドイッチ、スコーン、小さなケーキにフルーツがとても上品に載っていた。

船岡山珈琲店の『水曜日のアフタヌーン・ティー』も三枚の皿がスタンドに載せら

れているイメージ通りのものだ。

しかし皿の上のフードは、高屋がこれまで見てきたものとは違っている。

「では、説明をいたします」

と、マスターが、こほんと口の前に拳を当てた。

下段のサンドイッチは、カツサンド。見ると色が鮮やかに赤い。この肉は豚ではなく、牛ヒレだという。

中段のスコーンは深緑色だった。こちらは抹茶味。生クリームと餡子《あんこ》が添えられている。上段のケーキは小さなロールケーキで、生地はピンク色。中にはたっぷりの生クリームと苺《いちご》が入っている。このロールケーキは、桜餅のように桜の塩漬けが用いられているという。まさに春をイメージした『桜のケーキ』だ。セットのお茶は、紅茶ならぬ『和紅茶』。日本で育った茶葉を使って作られた紅茶だそうだ。

いただきます、と京子と桜子は手を合わせて、牛カツサンドを手に取った。

高屋はおしぼりで手を拭い、いただきます、と囁《ささや》いて、二人に後れを取りながら、牛カツサンドを手にした。

アフタヌーン・ティーは、下から順番に食べていくのが基本的なルールだそうだが、こうして見れば、空腹の今最初に食べたいと思うのは、ごく自然にカツサンドだ。

パンは軽く焼き上げられていてさっくりしている。牛カツはとても柔らかく、少し甘いソースとマスタードが絶妙に絡み合っている。

「やっぱり、牛カツサンドは最高」

「ジューシーやな」

桜子と京子は、目尻を下げて言う。

「……美味しいです。牛カツサンド、初めて食べました」

もちろん、世に牛カツサンドというメニューがあるのは知っていた。気になってもいたのだが、これまで食したことがなかった。

まさか京都で、初めて食べるなんて……、と洩らすと、京子は、ふふっと笑う。

「京都は和食のイメージが強いかもしれへんけど、洋食文化も盛んで、肉も大好きなんやで。京都にはええ肉が来るんや」

そういえば、パンとコーヒーの消費量が日本一という話は聞いたことがある。

だが、肉も好むとは知らなかった。

意外に思いながら、高屋は、抹茶のスコーンに移る。

ほろ苦い抹茶の風味と適度な甘さと塩加減、そのバランスで生クリームと餡子の相性が抜群だ。続いて、桜のケーキ。ふんわり桜の香りと、優しい甘さ、中の苺の甘酸っぱさが絡み合っている。

美味《うま》い、と高屋は思わず口を手で覆った。

祖父母と生活してきたこともあり、甘いものはそれなりに好きで、良いものも食べてきているが、このスコーンとケーキは高級店に負けていないだろう。

そのまま和紅茶を一口飲む。和紅茶は、お茶と紅茶の間のような味わいで、このセットにはピッタリだと感じた。

一通り食べ終わり、満たされた気持ちだった。

なんて贅沢《ぜいたく》をしたのだろう、としみじみ思う。

「どうでしたか？」

食べ終わったのを見計らって、マスターがやってきた。

「お祖父ちゃん、このセット、最高！」

「まぁ、なかなかよろしい」

桜子は諸手《もろて》を上げ、京子は紙ナプキンで口を拭いながら言う。

マスターは、高屋に視線を移した。

高屋は照れくささを感じながら、とても美味しかったです、と伝え、そもそも疑問に思っていたことを訊ねた。

「どうして、『水曜日』にアフタヌーン・ティーを？」

そうですね、とマスターは目を細める。

「この時間にこういうセットを出すというと、やはり『ハイ・ティー』と名乗るべきなんでしょうが、わたしは『アフタヌーン・ティー』の響きが好きなんです。とても贅沢な気がするんですよね」

高屋は、何も言わずにマスターを見た。

『ハイ・ティー』とは、夕食の時間にこうしたお茶と軽食を愉しむことを指す。

それも贅沢なのかもしれないが、どちらかというと『ディナー』の方が、豪勢な響きを持っている気がする。

「そして、なぜ水曜日かと言いますと、多くの人にとって、月曜から仕事や学校がスタートし、水曜が週の真ん中になりますよね？」

はい、と高屋は頷く。

「サラリーマンも主婦も学生も、外で活動している多くの人は、午後の贅沢な時間を失っている。そんな人たちに、インターバルを提供できたらと思いました」

その言葉が胸にじんわりと響き、高屋は、そうですね、と頷く。

「月曜日のモーニングと一緒ですね」

ええ、とマスターは微笑む。

マスターは働いている人にエールを送ろうと、週に一度、月曜日にモーニングを、そして水曜日にアフタヌーン・ティーを始めたのだ。

「曜日と占星術も密接なものなのよ」

と、桜子が人差し指を立てて、曜日の説明を始めた。


日曜は、太陽の日。イキイキと過ごすと良い日。

月曜は、月の日。心を整えて、直観に従いましょう。

火曜は、火星の日。強気でアグレッシブに行動が吉。

水曜は、水星の日。頭を使う、情報収集する、交流を図るのに適した日。

木曜は、木星の日。細かいことは気にせず、大らかに過ごしましょう。

金曜は、金星の日。趣味や遊びを楽しむのに適した日。

土曜は、土星の日。一週間を振り返り、内省し、軌道修正する日。


高屋は話を聞きながら、すかさずメモに取る。

この内容を『ルナノート』に載せるのも面白いかもしれない。

真矢に相談をして、ＯＫが出たら桜子の許可を取ろう。

メモに目を落としながら、水曜日を確認する。交流を図るのに適した日だ。

「もしかして、水曜日に『アフタヌーン・ティー』を出すのは、ここで、色んな人に交流を持ってもらいたいという気持ちもあったからですか？」

マスターは緩やかに目を細めて、こくりと頷いた。

仕事に対する姿勢、客への想いが伝わってきて、高屋が感動していると、京子が顔をしかめて、呆れたように言う。

「まーたカッコつけて」

「そない言わんといてぇな」

と、マスターは、肩をすくめる。

これまでの丁寧な口調と変わっていたので、一瞬誰が言ったのだろうと高屋は思わず目を瞬かせた。

「高屋君、騙されたらあかんで」

ぴしゃりと言う京子に、高屋は目を泳がせた。

「え、騙されるって……？」

「なーんや、ええ感じに言うてるけど、この人は基本的にぐうたらやねん。朝起きられへんかったら、月曜のモーニングは休むし、疲れたら水曜のアフタヌーン・ティーもしいひん。今日は働きたくないいて、急に休みにする。自分の好きなように店をやってるんやで」

その言葉に高屋は「えっ」と言葉を詰まらせ、マスターは、ははは、と笑う。

京子は、やれやれ、と肩をすくめた。

「そないな生活してるから、高屋君みたいにちゃんと規則正しく働いてはる人をえらいて思うてる。月曜のモーニングも水曜のアフタヌーン・ティーもちゃんと働いてはる人たちへのリスペクトやな」

マスターを『素敵な紳士』と信じてやまなかった高屋は、少なからずショックを受けた。ごくりと喉を鳴らして、マスターの方を向く。

「本当ですか？」

「ほんまやで」

これまでの丁寧な言葉遣いはどこにいったのか、まるでマル編集長のような関西弁で答える。

だが、こほん、と咳払いをして、いつもの口調に戻った。

「若い頃のわたしは、本当に色んなことに興味を持っていました。星や音楽、芝居に本に詩。ですが、それらを職業にすることもできず、どんな仕事も続かない。唯一、続いたのがこの店でのバイトでした。先代は——彼女のお父様ですが——大らかな人で、『休みたかったら休んでええ』と言ってくれて、割と好きなように出勤できたんです。店に出ている時は良い仕事ができたので先代にも認めてもらえて、この店を引き継ぐことになりました。これでも自分がマスターになった時、最初は規則正しくがんばろうと思ったんですよ」

「せやけど、あかんかったんやな」

と、京子が息を吐くように言う。

「そうなんです。規則正しく仕事をしていると、すぐに苦しくなってしまう。自分はなんて駄目なんだろうと悩んでいる頃に、ちょっと不思議な星読みに出会いまして、自分の出生図を見てもらったんですよ」

不思議な星読みとはどういうことだろう？　という疑問を抱く間もなく、マスターは話を続ける。

「そうしたら、わたしの出生図は第六ハウスに天王星が——すなわちわたしの取扱説明書には『自由に仕事をすると、良いパフォーマンスができる』と書いていると教えてくれました。その言葉を聞いて、休みたい時に休み、働きたい時に働く自由なスタイルが、『悪』ではなくて、わたしにとってベストなんだと気付くことができました。実際、そうすることで続けてこられました」

そうして今に至ります、とマスターは過去を振り返るかのように宙を見つめる。

「それで、マスターも占いを始めたんですね？」

「はい。すぐに興味を持ちまして勉強したんです。ですが、本業にはできませんでした。そうそう、柊と桜子に星のことを教えたのはわたしなんですよ」

いろいろ衝撃的であり、高屋は言葉が出なかった。

明らかに顔に出ていたのか、桜子はニッと笑う。

「どうしたのよ、まるで『絡新婦《じょろうぐも》の理《ことわり》』で頭を叩きつけられたような顔をして」

彼女が言っているのは本のタイトルだ。厚いことでも知られている京極夏彦《きょうごくなつひこ》の百鬼夜行シリーズで、もっとも分厚いもの。それで叩きつけられたら、頭は凹《へこ》むだろう。

「お祖父ちゃんが、理想と違ってショックだったんでしょう」

見抜かれていたのが気恥ずかしく、高屋は目をそらす。

これまで高屋は、この店が不定休なのには、年齢的に、体調の問題もあるのだろうと思っていたのだ。まさか若い頃からそうだったなんて……。

ふと、朽木の言葉が頭を掠《かす》めた。

彼はここで占ってもらい、働き方改革をしたと言っていたのだ。

「そういえば、うちの営業の人間もここで鑑定してもらったとか」

高屋が声を張り上げて訊ねると、桜子は、うん、と頷く。

「耕書出版の人、来たね」

去年くらいだっけ、と天井を仰ぎながら言う。

「なんて言ってたんですか？」

はぁ？　と桜子は露骨に顔をしかめる。

「そんなの言うわけないじゃない。お客様のプライバシーは守るわよ」

もっともな言葉に、高屋は、ぐぬぬと口を結ぶ。

この小娘の気まぐれな一言で、朽木は遊んでばかりで、柿崎さんだけが苦労するようになったんだぞ、と言ってやりたい。

「そうそう、メガネ」

隣の桜子が思い出したように横目で見る。

「桜子、メガネて言うたらあかん。『高屋君』や」

「それじゃあ、高屋」

桜は、間髪を容れずに呼び捨てにした。

「……なんですか？」

まだ、むかむかしているため高屋は不機嫌に返す。

だが桜子は、少し嬉しそうにスマホを取り出した。

「今日、あなたの会社から色々届いたよ。シロクマのグッズは可愛かったし、拡材もすごくセンスいいね」

思わず写真に撮っちゃった、と桜子はスマホを操作して、高屋に向かってかざして見せる。

『相笠くりす　新作【気まぐれヴァンパイアの推理】始動！』

とてもインパクトのあるフォントでそう書かれていた。

洋館の写真はイラストのように加工されていて、ミステリアスな雰囲気だ。目にしただけで面白そうと感じさせる。

これが書店員が話していた拡材か、と高屋は納得した。

おかげで苛立《いらだ》ちは、随分軽減された。

「この拡材、うちの……大阪支社の営業が作ったそうですよ」

へぇ、と桜子は感心したように、スマホ画面に目を落とす。

「大阪支社ていうと、丸川さん、まだいはるやろ？」

京子に問われて、高屋は少し驚きながら、頷いた。

「はい。うちの支社長兼編集長です」

「そうなんや。内勤になったんは知ってるけど、偉なったんやなぁ」

「ご存じだったんですね？」

「そうや。丸川さんは関西の営業担当したはってな。それまでうちみたいな小っさい小っさい店には版元さんなんて来てくれへんかって、耕書出版では、あの人が初めてやな。何度か、挨拶回りに来てくれたんやで。聞いたら、一度は担当しているエリア、すべての書店に顔出したい思てるて言うてくれはってな」

嬉しかったわぁ、と京子は微笑む。

「そうだったんですか……」

それには、感動した。

祖父が小さな書店を営んでいたからよく分かる。出版社の人間が小さな個人書店に訪れることなど、めったにない。もし、来ることがあったら、お祭り騒ぎだ。

祖父が『匠のストーリー』に取り上げられたあとは、それまでが嘘のように各出版社の人間が挨拶に訪れた。だが、それも一時のことだった。

「今の営業さんは、足こそ運ばへんけど、電話やメールはくれはるよ。この拡材かて、ほんまにうちみたいな小さな店にはきいひんもんなんやけど、『船岡山書店さんには、相笠先生も行くようですし』て連絡くれはって。営業さんにおおきにて言うといてや」

はい、と高屋は力強く頷く。

部署は違うが、同じ社内の人間だ。褒められて、とても誇らしかった。

明日、柿崎にちゃんと伝えよう。

高屋はしみじみと思いながら、和紅茶を口に運ぶ。

「まぁ、私も今日は新刊の入荷がなくて落ち込んでいたけど、拡材のおかげで元気になったし、お礼言っておいて」

桜子は目をそらしながら言う。

相変わらずの素直じゃない様子に、高屋は思わず肩を震わせた。

「ちょっと笑いごとじゃないわよ。小さなお店に新刊が入らないのは、版元にも責任があるんだから、もっと重く受け取ってほしいんだけど」

それはたしかにその通りだ。とはいえ、耕書出版は本を作るところに留まり、その本を書店などに届けるのは、取次という配本業者が請け負っている。

色々な問題があるのも聞き及んでいるが、改善までには時間がかかるだろう。

そやけどな、と京子が口を開く。

「そうやって、人のせいにして責めててもなんにもならへん。小っさい店は小っさい店なりにできることをやるものなんや。新刊も二週間前までの客注やったら発売日に入荷する。そやから常連のお客様とコミュニケーションをとって取り置きしたりして対処していったらええ。どこででも、それ相応の仕事の仕方いうんがあるさかい。うちはうちで大型書店に負けへん、素敵な仕事ができるんやで」

そっかぁ、と桜子は頰杖をつく。

するとマスターがやってきてコップに水を注ぎ、ふふっと笑った。

「さすが、元大型書店の店長さんやなぁ」

マスターの言葉に桜子と高屋が揃って、えっ？　と顔を上げた。

「お祖母ちゃんって、ずっと船岡山書店をやっていたんじゃないの？」

そうや、と言って、京子は肩をすくめた。

「今の桜子みたいにこの書店を手伝いながら、小っさい書店に嫌気が差して大型書店に就職したんや」

「もう、その頃の京子さんは、バリバリ働いていたんやで」

と、マスターは少し自慢げに言う。

「最初は大型書店が楽しくて、もう二度と小っさい書店には戻りたない、なんて思うてたんや。大きな取引、大きなイベント。ほんまに楽しかった。そやけど、大型書店は大型書店で、しがらみや理不尽なこともあって、結局、どこも同じや。それが分かって結局はうちは自分の店を継ぐことを選んだんや。うちかて、実家の書店を大事に思うてたし……」

マスターが、えへへ、と嬉しそうに笑う。

「その時、京子さんがわたしにプロポーズしてくれたんです。『あんたと結婚してもええ』って」

はい？　と桜子が聞き返した。

「お祖母ちゃんがプロポーズしたの？」

語弊があるやろ、と京子は顔をしかめる。

「この人は、うちの幼馴染《おさななじみ》やねん。うちはもう何遍もこの人にプロポーズされてたんや。『僕のお嫁さんになってぇや』て。そやけど、こんなふにゃふにゃした人は嫌やって思うてた」

そうだったんだ、と桜子は洩らす。

「それまで勤めていた大型書店を退職した日、納得して決めたことやけど、少しアンニュイな気持ちでこの珈琲店に入ったんや。そん時、ショウちゃんがピアノを弾き語りしてくれて……」

京子は、店内の片隅にあるピアノに目を向ける。ブラウンカラーのシックなアップライトピアノだ。

ショウちゃん？　と高屋は静かに訊ねる。

「お祖父ちゃん、加山雄三と下の名前が同じで『若大将』ってあだ名でね、お祖母ちゃんは、『ショウちゃん』って呼んでるの」

と、桜子は簡単に説明をした後、マスターを見た。

「で、お祖父ちゃんは、何を弾き語りしたの？」

桜子が問うと、柊がカウンターから出てきて、ピアノの蓋を開けた。

「ほら、マスター、腕の見せ所」

マスターは、仕方ないなぁ、と言いながら少し嬉しそうにピアノの前に座る。

奏でたのは、ビリー・ジョエルの『ピアノ・マン』。

マスターはピアノを弾きながら、優しく歌い出す。

――歌っておくれよ、ピアノ・マン。

今宵《こよい》は、僕たちのために歌ってほしい。

心地よい調べに、包まれて。

気に病むことなど、何もないと感じていたいんだ。


思わぬ美声とピアノの音色に、桜子と高屋は驚きながらも、聞《き》き惚《ほ》れる。

柊は腕を組みながら、いたずらっぽく笑って言った。

「こりゃ、惚れちゃうよね」

京子は、気恥ずかしそうに目をそらし、ぽつりとつぶやく。

「ほんで、ここに戻って働いていくうちに、どっちもそれぞれやって実感したんや」

それぞれって？　と桜子が静かに問う。

「それぞれに大変でやりがいがある。小っさな本屋も大型書店に負けへんくらい素敵で楽しいて」

その言葉を聞いて高屋は、真矢のエピソードを思い出した。

どこにいても、それぞれに苦労をし、後悔をする時もある。

大事なのは、自分で選ぶことなのだと――。

5

「――えっ、船岡山書店さんがお礼を？」

翌日、高屋は、エレベータの前で会った柿崎を呼び止めて、京子の言葉を伝えた。

だが、柿崎はぽかんとしている。少しの間のあと、ああ、と手を打つ。

「それは、俺じゃなくて、朽木さんだ」

「朽木さんが？」

今日もフロアには、朽木の姿があった。

いつものようにパソコンの前にかじりついている。

「そもそも俺は、小さな書店さんは、タッチしてないんだよ。だから、ほとんど知らなくて」

「え……？」

そういえば、柿崎に『鞍馬口通に住んでいる』と伝えた時、『そんな山の中から』と笑っていた。

彼は、鞍馬口を鞍馬山の方だと勘違いしていた節がある。

柿崎はそもそも、船岡山書店を知らなかったのだ。

高屋が何も言えずにいると、柿崎は話を続けた。

「俺たち、それぞれに得意なことが違うんだ。大きな書店の懇親会やゴルフ会、書店の挨拶回りを俺が担当していて、朽木さんはオフィスにいながら、小さなお店のサポートをしている。昨日書店員さんが褒めてくれた拡材も朽木さんが作ったものだしけど神戸まで写真を撮りに行ったのは俺だけどね、と柿崎は笑顔で付け加える。

「だからさ、そのお礼は俺じゃなく朽木さんに伝えて」

それじゃあ、と柿崎はエレベータの中に乗り込んでいく。

高屋は呆然とその背中を見送りながら、オフィスの中に入った。

京子の言葉を伝えよう、と高屋は気を取り直して、朽木の許へと向かった。

「朽木さん、あの……」

朽木は、どこか居心地の悪そうな顔をしている。

「今の会話聞こえてたから大丈夫。そもそも、当たり前に仕事してるだけだから」

かなり素っ気なく言ったものの、どうやら気恥ずかしいようだ。

顔は無表情だが、耳は真っ赤だった。

もしかしたら、良い人なのかもしれない。

高屋は頬が緩みそうになるのを堪えて、「あの、隣いいですか？」と空いている柿崎の椅子に目を落とした。

どうぞ、と朽木はまたも素っ気なく答え、高屋はそそくさと椅子に腰を下ろす。

「あの……朽木さんは、あそこで占星術鑑定してもらったんですよね？」

話題が変わったことに朽木はホッとしたのか、ああ、と頷く。

「差し支えなければ、どんなことを相談したかうかがっても良いですか？」

朽木はキーボードを打つ手を止めて、高屋の方を向いた。

「俺さ、君と同じなんだ。今の仕事じゃなく他のところを希望してる。営業じゃなくて、編集者になりたいんだよ」

それはたしかに自分と同じであり、高屋は驚きながらも黙って首を縦に振る。

「君と違うのは、俺はコミックやラノベが好きでね。そっちの方の編集者になりたいと思ってるんだ。でも入社してから、ずっと営業。一応、希望は出してるんだけど、なかなか通らないし、俺、本当に外回りの仕事が苦痛でさ。愛想もないし、出歩くのは嫌いだし、見るからに向いてないだろう？」

そう問われて、まぁ……と高屋は曖昧に頷く。

「それでも、がんばっていたんだけど、柿崎みたいな天性の営業マンが後輩に入ってきたもんだから、ますますつらくなって。いっそ、手っ取り早くフリーの編集者になることも本気で考えてたんだ」

実際、出版社に就職するも編集の仕事ができず、フリーになる者もいる。

「そんな頃、真矢デスクが、あそこで鑑定してもらって良かった。また復活したみたいで嬉しい、なんて言ってる話を聞いたから、まぁ、話のネタも兼ねて行くことにしたんだ。そしたら、出生図を出してもらってさ」

カーテンの向こうで星読みが言ったんだよ、と朽木はその時のことを振り返るように、頬杖をつき、宙を見た。

＊

『船岡山アストロロジー』と銘打つ船岡山珈琲店での占星術鑑定は、想像と違い、星読みは姿を現さず、カーテンの向こう側にいた。

俺は指定の席で、自分は今後、どうしたら良いのか訊ねた。

かなりフリーへと気持ちが傾きながらも踏み込めずにいたので、そのことについて訊ねると、星読みはこう答えた。

『視たところあなたは、「安定した状態にいることで、良いパフォーマンスができる」という暗示ですね。そして……』

彼女はまだ話している途中だったが、あー、と絞り出すような声を上げた。身に覚えがあった。

学生時代はイベントを企画したり、アプリを作ったり、クリエイターを集めてショートムービーを作ったりと、いろんなことにどんどんチャレンジできていた。だが、入社した途端、あの頃の勢いが失せてしまったように思っていた。

大人になるというのは、そういうことなのだろうと自分に言い聞かせながらも、ここまで変わってしまったのが不思議だった。なんのことはない、学生時代は失敗しても、生活が安定した状態だったからなのだろう。フリーへの気持ちが高まりながらも、行動に移せなかったのは、怖さももちろんあったが、自分は向いていないという気もしていたのだ。

自分の出生図に目を落とす。俺の目には、円と記号でしかない。

『ちなみに、どこを見て、それが分かったんですか？』

持ち前の好奇心が疼《うず》いて訊ねると、そうですね、と星読みは考えこむように洩らす。

どう説明したら、素人に伝わるかを思案しているようだ。分かりやすく、ざっくり説明しますね、と前置きをしてから、彼女は説明を始めた。

『あなたの出生図を見てください。円は十二の部屋に分かれていますよね？』

はい、と俺は頷く。

『仕事についての見方は色々とあるのですが、そんな中でも「自分に適した働き方」を見るのは、第六ハウスなんです』

紙に目を落とし、ここか、と確認した。

『第六ハウスに入っている惑星や星座などで、どんな働き方が向いているかを読んでいきます』

俺は黙って聞いていた。

『あなたの第六ハウスには、星が入っていますね？』

見ると、出生図の第六ハウスには月とアンテナのような星が入っている。

『星というか、月が入っていますね』

そう言うと、月も星ですよ、と星読みは受け流す。

『「月」はあなたの素の状態、感情や心などを暗示しています。そんな星が第六ハウスに入っている。ざっくり見るとメンタルと仕事が密接だと分かります。それは、

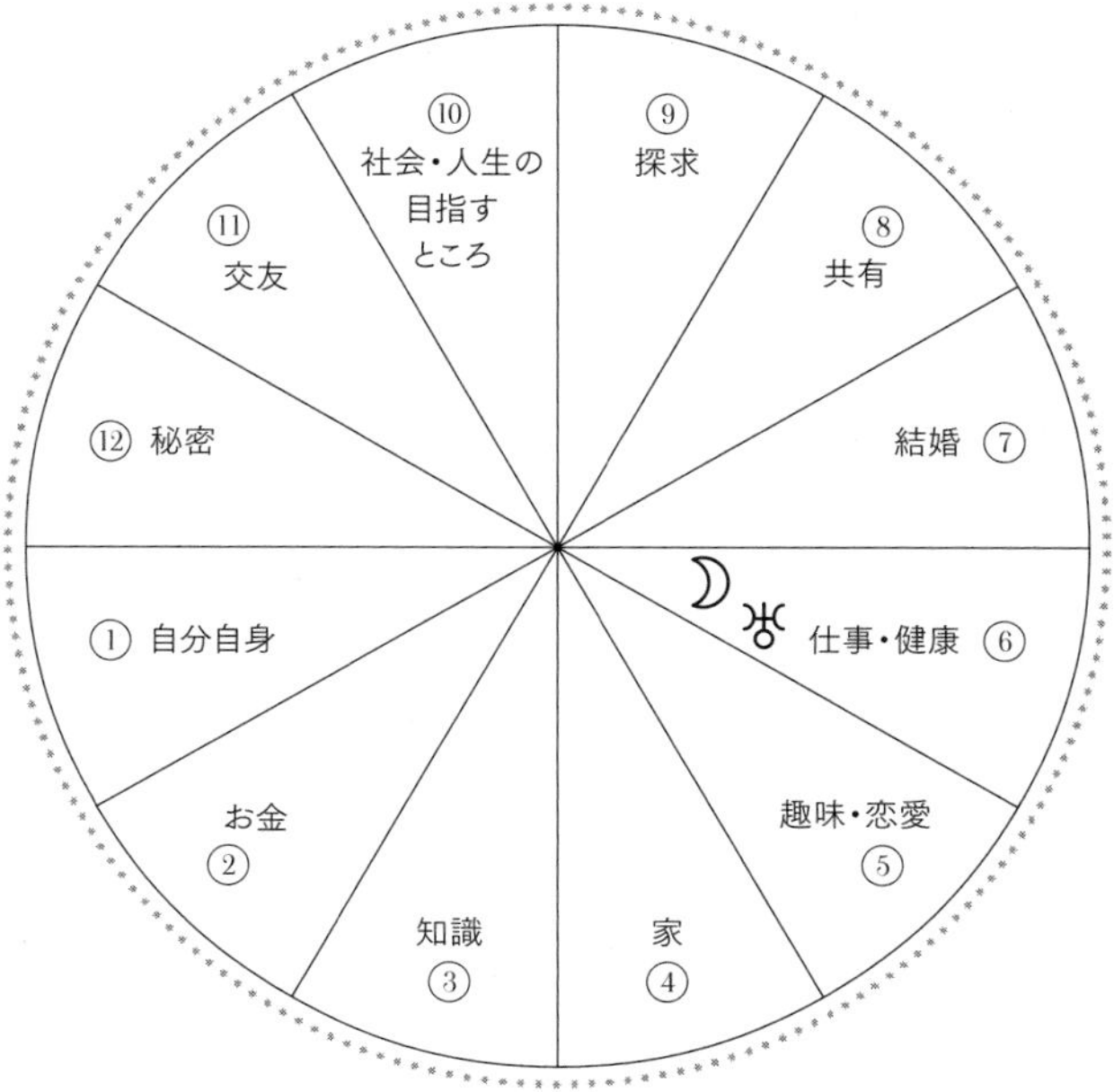
⑩
社会・人生の
目指す
ところ
⑨
探求
⑪
交友
⑧
共有
⑫ 秘密
結婚 ⑦
① 自分自身
仕事・健康 ⑥
お金
②
趣味・恋愛
⑤
知識
③
家
④

「仕事をしていれば、気持ちが安定している」とも読めるし、「安定した環境にいることで、良い仕事ができる」とも読めます』

この辺りは、他の星や星座との兼ね合いで読み方は変わるのですが、と、星読みは付け加える。本当はさらに視るところがあり、読み解いていくのだろう。彼女は自分のために簡潔に纏めているようだ。

『やっぱり自分はフリーは向いてないんだろうなぁ』

独り言のように洩らすと、星読みは、ですが、と続けた。

『話は途中だったんです。あなたの場合、ここに天王星も入っていますね』

このアンテナのようなマークは、天王星だったようだ。

『天王星は、改革と自由の象徴なんですよ。ですので自由な環境で仕事をすることで、あなたは能力を発揮するんです』

そう続けられて、俺は、え……、と眉間に皺を寄せる。

『それじゃあ、矛盾してるじゃないですか』

そうですね、と星読みはあっさり答える。

『そもそも矛盾しているのも人間の一面です。そんな矛盾を抱えているから、迷ったり苦しんだりするんです』

なるほどね、と腕を組んだ。

安定した状態でいたい心と、自由を求める気持ち、俺は両方を欲して、自分の内側が綱引き状態だったのだ。

『それで、俺はどうしたら良いんですかね？』

きっと星読みは、目からウロコのアドバイスをくれるに違いない。そう期待したのだが、返ってきた言葉は思いもしないものだった。

『そこからは、あなたが考えることです』

はい？　と思わず俺の口から頓狂な声が出た。

『私は、出生図を自分自身の「取扱説明書」だと思っています。あなたはその取扱説明書を読んだうえで、自ら対策を取れば良いんです』

はあ、とピンと来ないまま相槌をうつ。

『つまり、俺の取扱説明書には、会社勤めをすることで心が安定して良い仕事ができる。けど、自由でいることで能力を発揮できるって……』

よく分からないな、と頭を掻いていると、彼女がぴしゃりと言う。

『考えることから逃げては駄目ですよ。自分のことは自分が一番分かっているのですから』

『いや、分からないから、こういうところに来るんじゃないかな……』

そう言って苦笑した時、マスターがピッチャーを手に現れた。

『お水、いかがですか？』

緊張していたのか、気が付くと手許《てもと》のコップの水は、ほぼ空だった。

『あ、はい。すみません』と会釈して、コップを差し出す。

失礼します、とマスターはグラスに水を注いでから、窓際の観葉植物を指差した。

『お客様、あの植物を見てください』

マスターと共に観葉植物の方に目を向ける。

『あの観葉植物を購入した際、説明書にはこう書いてありました。「この植物は、日光に当てるとよく育ちます。ですが、風に当てると弱ってしまいます」と……』

一見、矛盾しているようにも思える。

『あなただったら、その植物をどうしますか？』

え……と戸惑った。一瞬の間の後に俺は口を開く。

『風には当たらない……日当たりの良い窓際に置きます』

そうですよね、とマスター。

言いたいことは伝わってきた。

自分のことも、そんな感じに考えてみろと言っているのだろう。

マスターは、ふふっと笑った。

『占い師の中では、「あなたはこうすべきです」と答えをくれる方もいるかもしれません。ですが、うちはそうではなく、あなたの「取扱説明書」を翻訳して伝えるだけ。そこから先は星読みに聞くのではなく、あなたが、自問自答しなければなりません。自らが思う「安定した環境で、自由に働く」とはなんなのか……』

マスターの優しい問いかけに、はい、と頷いた。

『少し分かりました。占星術って「自分がどういう性質の人間なのか知ったうえで、どう動くか決める」ということなんですね』

取り扱いをちゃんと知っていれば、対応できるのだ。

そうね、とカーテンの向こうで星読みが少し嬉しそうに言う。

あらためて、じっくり考えてみよう。

日当たりがよく、でも風に当たらない、そんな方法が自分にもあるのだ。

＊

「――で、俺は礼を言って帰ってきたわけなんだけど」

朽木は、船岡山珈琲店での出来事をかいつまんで話し、それでさ、と続けた。

「俺もその後、考えたわけなんだよね」

朽木は頭の後ろで手を組み、椅子に寄りかかる。

「マスターは、観葉植物に譬《たと》えていたけど、俺の場合、植物というより、魚に置き換えた方がしっくりきたんだ」

「魚、ですか？」

「そう、ペットショップで売ってるようなやつ。だから、海や川に放流されるとすぐきっと死ぬ。安全な水槽の中にいた方がいいんだって。それなら、水槽の中でいかに自由に泳ぐようにするか、その工夫をすればいいんだって」

それを踏まえたうえでさ、と朽木は腕を組む。

「あらためて、自分の願望と向き合ったんだ。しっかり自問自答した結果、やっぱり編集者になりたいと思った。それには、三つの道があるんだよね」

と、朽木は、三本指を立てる。

「一つ目は、このままここで希望を出し続けて異動を待つ。二つ目は、他の出版社に転職する。三つ目は、フリーになる。でも、俺は『水槽の魚』だからさ、会社を辞めてフリーってのはやっぱり向いてないと思った。選択肢から外したよ。じゃあ、異動か転職か。どちらにしろ、すぐに移れるわけではないしさ」

高屋は黙って相槌をうつ。

「それなら、営業でいるうちに、『本を売る』ということを学べるだけ学んでおこう、って前向きな気持ちになったんだ。どんなに良い本を作っても読者に届かなかったら意味がない。書店に直接本を届けるのは、営業の仕事だし」

それは柿崎に同行して、高屋も実感したことだった。

「だけど、やっぱり自由でいたい。やりたくないことはやりたくない。だから自分のできることと、どうしても苦手なことを振り分けてみた。柿崎は、挨拶回りや接待が得意で好きみたいだけど、俺にとっては苦痛。ゴルフ会や接待、付き合いの飲み会とか苦手なんだ。でも、マンツーマンで喋るのは、実は嫌いじゃないんだよね」

それはなんとなく分かる気がした。今もこうして話しているくらいだ。

彼は、決して人嫌いではないのだろう。

「だから、電話で話したりは大丈夫だし、メールで対応や販促物を作ったり、書店の細々としたサポートはできる。営業としての花形を柿崎に請け負ってもらって、俺は柿崎が仕事しやすいようにサポートしつつ、デスクワークに徹することにしたんだ」

なるほど、と高屋は思わず前のめりになった。

「そしたら、この仕事も楽しくなってきてさ。表には出ていないけど、自分が仕掛けた本が売れるのはやっぱり嬉しいしね。営業の現場を知るのは、編集者になってからも役立つんだよ。そうしているうちに、色んな知識とノウハウがついてきて、いつかフリーにもなれる気がしてきた。安定っていうのは、何も場所の話だけじゃなく、自信があるかどうかってことでもあるって気付いたんだ。まぁ、まだなるつもりはないけど、選択肢の一つにまた加わったって感じで」

朽木は、少し晴れやかな顔つきでそう言う。

「そういうわけでしたか」

高屋は大きく納得して、首を縦に振る。

誰しも、それぞれに合った働き方というのがあるのだろう。

「そういうこと。高屋君もさ、がんばって」

高屋は、ありがとうございます、とぎこちなく会釈をして、その場を離れた。

どこにいても、良い経験を積めるのだ。

心を整えて、良いパフォーマンスをし、自分に合った働き方を選べばいい。

そういえば、マスターも第六ハウスに天王星が入っていると言っていた。

自分の第六ハウスはどうなっているのだろう？

「…………」

ふと、そんな考えが頭を過り、それを振り払うように高屋は首を振る。

今の話に感心しただけで、占いを見直したわけではない。断じてだ。

高屋は、ふん、と鼻息を荒くしながら、オフィス内を歩く。勢い余って手を机にぶつけ、「痛っ」と、手を押さえた。

ざまみろ、と笑う桜子の顔が頭に浮かんだ気がして、高屋は下唇を噛《か》んだ。

第六(お仕事)ハウスの惑星

太陽	人のために誠実に働く努力家
月	安定した環境で働く力を発揮
水星	交渉術に長け、頭脳労働に適性
金星	芸術的センスを発揮することで輝く
火星	実力主義・競争社会で燃える
木星	どんな仕事も努力で実を結ぶ
土星	忠実で忍耐強い、縁の下の力持ち
天王星	自由な環境で能力を発揮
海王星	癒しと芸術性で、才能を開花
冥王星	やりがいを重視することで力を発揮

※星が入っていない人は、星座で視ます

牡羊座➡火星	牡牛座➡金星	双子座➡水星	蟹座➡月
獅子座➡太陽	乙女座➡水星	天秤座➡金星	蠍座➡冥王星
射手座➡木星	山羊座➡土星	水瓶座➡天王星	魚座➡海王星

第四章　大人のお子様ランチと京の灯台

1

「高屋君、桜子ちゃん――『船岡山アストロロジー』の占星術コーナー、好評だから、また彼女にお願いできないかしら。今度は、恋をテーマに聞いてほしいの」

耕書出版大阪支社は、毎週月曜日の午後、ミーティングを行う。

真矢の言葉に、高屋は「はい」と頷くと、続いて三波が手を上げた。

「真矢さん、私は『お金』に関することも聞いてもらいたいです。『ルナノート』って、ティーンエイジャーに向けた雑誌ですが、若い子にも響くと思うんですよね」

「そうね。お金に関することは誰しも興味深いわよね。それじゃあ、次回は『お金』で、今回は『恋』について、聞いてもらえるかしら。謝礼はこれまでと同様で、詳細は経理からメールを送ってもらうわ」

分かりました、と高屋はメモを取った。

大阪支社に配属となり、早一ヵ月。

船岡山アストロロジーとの関わりにより、高屋が占い全般に抱いていた嫌悪感は幾分か緩和されたが、印象が良くなったというわけではない。

『占い』ではなく、マスターや真矢、朽木の言葉に感銘を受けただけの話だ。

自分もここでベストを尽くそう。大阪支社でしか学べないことがあるはずだ。

……などと、どこか前向きに考えているのは、断じて占い効果ではない。

高屋は自分に言い聞かせるように、眉間に皺を寄せる。

「美弥先生の作品は、驚くべき反響ね」

先日、『ルナノート』の新号が発売された。巻末には、美弥著作の『花の嵐』第二回が掲載されている。

第二回は、例の『稲妻がピカーッ』のシーンで終わっている。雑誌が発売されるや否や、大きな反響が届いた。クレームではない。

いや、実のところ、文章に関する厳しい声も届いてはいるのだが、『二人がどうなるのか気になる』といった続きを期待する声が圧倒的に多い。

「高屋君、美弥さんからの原稿は、『花の嵐』の続きは届いているのよね？」

高屋は、はい、と頷いた。

「今日の午前中も届きました。どんどん書いて送ってくれているんで、クライマックスに近いところまで来ている感じがします」

ミヤとショウ、身分違いの二人が、さまざまな障害に遭い、時にすれ違いながらも愛を育んでいく展開は、高屋もついつい引き込まれた。

ミヤの祖父は、ミヤにショウが近付かないようにと強制的にイギリスへ留学させる。

泣く泣く引き離された二人だが、離れても想いは変わらないと、誓い合う。

そうして二年後、祖父が倒れたことで、ようやくミヤは帰国を許された。

ミヤは、羽田に到着するなり、監視の目をかいくぐり、ショウに会いに行くのだが、彼は別人のようにやさぐれていて、ミヤを前に『あんた誰？』と吐き捨てる。

高屋の許に届いた原稿は、ここで止まっていた。

美弥の原稿を楽しみにしているのは、雑誌の読者だけではない。

対面に座る三波もだ。彼女はというと『美弥さんから原稿が届いたら、必ずスマホに転送して！』と、前のめりで言ってくるほどに嵌っていた。

先ほども早速、高屋が転送した原稿を読み、目に涙を滲ませていた。

「良かったですよぉ。相変わらず西園寺のじーさんは嫌な奴《やつ》だし、ミヤはミヤで健気《けなげ》で一途《いちず》で可愛いし、ショウのあの態度は絶対に、ミヤを想ってのことなんですよ。もう不器用なんだから。焦《じ》れったさがたまらないです」

「…………」

三波のそんな素直な感想はとてもありがたい。こっそりメモに取り、あたかも自分の感想のように美弥に伝えていた。

で、と三波は、高屋を見た。

「堅物の高屋君的には、こういうお話はどうなの？」

「少女漫画のようですね」

そう言いながらも、少女漫画をちゃんと読んだことがない。恋愛小説もだ。だから、本音を言うと新鮮ではあった。

「……文章は、今時の女子高生という感じがするんですが、ところどころ古風な部分は好感が持てます」

そう続けると、三波は小首を傾げた。

「どのあたりが古風？」

「たとえば、『駆け落ち』とか、『許嫁《いいなずけ》』とか、こんな言葉、今どき使わないですよね？」

真矢は、あっ、と声を上げる。

「それ、私も思っていたわ」

「そうですか？　少女漫画の世界では普通にありますよ」

「まー、たしかにそうかも。少女漫画といえば、『花の嵐』はコミカライズとの相性が良さそうよね。ちょっと、コミック編集部に話をしてみようかしら」

「それ絶対いいと思います！」

三波は興奮気味に拳を握る。

「でしょう。ラストまでの流れが分かった時点で、話を持ち掛けてみるわ。そうそう、『花の嵐』で、私がちょっと気になったのは、西園寺邸の描写。その部分だけ、随分丁寧よね」

そういえば、と高屋は思い返す。

「レンガ造りの瀟洒《しょうしゃ》な洋館はヴォーリズを彷彿とさせる」や、「悲しげな風見鶏《かざみどり》と壁の一部に蔦《つた》が絡むその様相は、周囲の妬みを具現化したようだ」……などと、そこだけは、随分気合を入れて書いている。まるで別人が書いたようだ。

「あ、それ、私も思っていました。そして、前に京都へ取材に行った時、この建物を見て西園寺邸みたいって思ったんですよね」

三波はスマホを操作しながら、これです、と画像を見せる。

その写真には、まるで三波が『こちらの豪邸を紹介します』とガイドでもしているかのように、片手をかざしている。

彼女の背後に写っているのは、高屋も観《み》たことがある円山公園内の有名な建物だ。

「あら、長楽館ね」

「そうです。明治時代、煙草《たばこ》王として知られた村井吉兵衛《きちべえ》によって建てられた美しき邸宅ですよ。今は宿泊施設兼レストランですね」

三波は、鼻息荒く答える。

「村井……」

高屋と真矢は、思わず顔を見合わせた。

元々西園寺家の苗字は、『村井』という、よくあるものだった。

真矢の提案で、富豪をイメージさせる『西園寺』に変更したのだが……。

「もしかしたら、美弥さんは京都の人間なのかしら？」

真矢も同じことを考えていたようで、独り言のように洩らす。

だが、長楽館は全国に知られている建物だ。

それだけで、京都在住というのは、いささか乱暴だろう。いや、これまでの美弥とのやりとりで、時折『ほんまですね』などと関西弁が使われることがあり、彼女は関西在住なのかもしれないとは思っていた。

高屋は「あれ？」と真矢に視線を送る。

「真矢さんは、美弥さんの個人情報をご存じではなかったんですか？」

美弥には、原稿料が支払われているはずだ。その際に指定の口座に振り込む手続きなどのやりとりをしているはずだ。

「私は知らないの。そういうのは、経理さんとマル編集長だから」

大阪支社にも経理担当がいるが、挨拶以外ほとんど関わりがなかった。

高屋は少し残念に思いながら、そうでしたか、と相槌をうつ。

「話を戻しまして、美弥さんの連載小説の件で、相談があるんですが……」

高屋の発言に、なにかしら？　と真矢は視線を合わせる。

「『ルナノート』の部数に対して、公式サイトの閲覧数はまだまだ少ないです。サイトで連載小説の先読みができるというのはどうでしょう？」

公式サイトが立ち上がって、二年。『ルナノート』の読者に浸透しているとはいえない。サイトの閲覧数を増やすのも課題だった。

高屋の提案に、真矢は、うーん、と眉根を寄せる。

「でも、ほら、雑誌でしか読めないっていうのが、貴重だったりしない？」

「でしたら、バックナンバーを掲載していくとか。『ルナノート』の読者は、連載小説が目当てで購入しているわけではないと思いますし」

ふむ、と真矢は腕を組む。

「バックナンバーを掲載するのは悪くないわね。次の号からQRコードをつけましょうか。それじゃあ、高屋さん。美弥さんの許可をお願い」

はい、と高屋は、メモを取る。

以前は明らかに嫌々仕事をしていた高屋の小さな変化に、真矢と三波は顔を見合わせて微笑み合った。

「あと、最近、小説投稿コーナーも注目を浴びているから、盛り上がる企画をしたいわよね」

それいいですね、と三波は手を叩き、高屋の方を向いた。

「そういえば、高屋君、前に投稿小説で気になっていた作品を見付けたって言ってたでしょう？『サク』だったか『しがらみ』だったか、あの作品、その後チェックしているの？」

　ええ、と高屋は頷いた。

「すでに完結まで、一気に掲載されていますよ」

「どうだった？」

　そうですね……、と高屋は眉間に皺を寄せて、腕を組んだ。

「しっかり書いているのには好感が持てるんですが、とても展開が遅いんですよ」

　美弥の作品が評価されているのは、怒濤《どとう》の如《ごと》く展開していくからということに尽きる。

　その時だ。

「かんにんやで。遅刻してしもた」

　と、マル編集長が額に汗を滲ませながら、オフィスに顔を出した。

「駅中のトイレにスマホを置いてきてしもたんや。電車に乗ってから気付いて慌てて戻ったら、その個室に誰か入っててんねんで。すぐ出るやろて思うたら、なかなか出てけぇへん。もう痺《しび》れを切らしてしもて、ドアをトントンノックしてな、『そこにスマホありますやろか？』聞いたら、『あらへんでぇ』て答えるんや。そんなん信じられへんやろ。『信じられまへんし、待たせてもらいますわ』言うたら、『ええけど、長丁場やで』て言うねん。ほんま災難やで。結局はトイレになくて、親切な人が駅員さんに届けてくれたんやで。災難やったけど、世の中、捨てたもんやあらへんなぁ、ええ人ばっかりや」

あれこれと言い訳しながら、デスクの上に鞄《かばん》を置く。

災難なのは、どう考えてもその時トイレにいた人ではないか、と高屋が頬を引きつらせていると、「せや、高屋君」と声を張り上げた。

「は、はい」

「先週の金曜日、あんたが帰ったあと、あんたのお祖母さんから電話きてたんやで」

え？　と高屋は目を瞬かせる。

「祖母から？」

週末、祖父母に電話をしているのだが、そんな話は聞いていない。

「スマホ、つながらなかったのかな……？」

高屋はスマホを手に取り、金曜日の着信を確認する。

ちゃうねん、とマル編集長は声を上げた。

「電話は俺宛やったんや。『誠がいつもお世話になってますぅ。よろしくお願いいたします』て言うたはったで。お祖母さんの優しい想いに胸を打たれて、ついつい長電話してしもたわ」

「マル編集長が高屋君のお祖母さんと長電話って……」

と、三波が頬を引きつらせる。

高屋は、恥ずかしさに顔から火が出る心持ちだったが、マル編集長は祖母の想いを受け止めるように、胸に手を当てていた。

「すみません。祖母は過保護なので、心配だったんだと思います」

「ええねん、ええねん。お祖母さんと話せて嬉しかったし」

終業後、実家に電話をしよう、と思いながら高屋は会釈をする。

「さっ、会議やな。ほんまにかんにんやで」

マル編集長は、ようやく椅子に腰を下ろして、皆を見回した。三波が半ば呆れたように言う。

「マル長、私たち、とっくに会議してます」

「三波ちゃん、『マル長』言うたらあかんて。ホルモンみたいやろ。せや、今夜は関西、嵐やて話やし、みんななるべく早めに帰るんやで」

まるで学校の先生のように言うマル編集長に、皆は「はーい」と声を揃えた。

高屋は、思わず窓の外に目を向ける。

今の時点では、青空が広がる快晴だった。

2

春休みはとっくに終わっており、桜子の学校生活はスタートしている。

それでもバイトは続いていた。

帰宅後に書店に入り、店の手伝いをしている。

船岡山エリアには学校が多い。夕方の書店は学生たちでそれなりに賑わっている。

京子はそうした客層を見越して、参考書や赤本を揃えていた。

客が入っていても、皆が買うわけではない。店内をうろうろしている者がほとんどだ。書店は、他業種の店に比べて、長居できる雰囲気がある。

桜子は番台のようなカウンターで、ぼんやりとレジ番をしていた。

店内を見回すと、京子が雑誌抜きをしたり、返品本を回収している。

智花の姿はない。彼女は、桜子と入れ違いで店を上がっていた。

桜子は、京子に気付かれぬようにスマホの画面を確認する。

自分が投稿した小説は、先日、完結した。最終回を迎えたというのに感想がつかなかったのだが、今日、コメントが残されていた。

ふぅ、とため息をついて、肩を下げる。

「サクち〜ん、浮かない顔してどしたの？」

突然、耳に届いた柊の能天気な声に、桜子は弾かれたように顔を上げる。

柊は珈琲店の制服姿のまま、バックヤードを通って書店の方に来ていた。

店内にいる女子学生たちが、意識したようにチラチラと柊を見ている。

頭が金髪なのも手伝って、柊はやはり目立つ。

「お兄ちゃん、どしたの？」

あえて、『お兄ちゃん』と呼ぶと、女子学生たちは少しホッとした様子だ。しめしめ、と桜子は思う。柊のファンになってくれたら、書店及び、珈琲店が潤うだろう。

だが、そんな桜子の思惑に気付かず、柊は嬉しそうに頬を赤らめる。

「わー、サクちんに、『お兄ちゃん』って呼んでもらえた。いっつも『お兄！』って吐き捨てるのに。今日はいいことありそうだなぁ」

「で、何の用でしょうか？」

「あ、うん。今ね、珈琲店に高屋君が来てるんだけど、サクちんの仕事が終わったら話があるんだって」

『ルナノート』のことみたいだよ、と柊は付け加える。

桜子は、メガネが？　と眉間に皺を寄せる。

「そんなの、お兄に伝言頼まず、高屋が自分で言いに来るべきじゃない？」

「ううん、別に高屋君に頼まれたわけじゃないよ。書店に用があったからついでにね。来月発売の新刊、客注お願いしたくて」

「ああ、お兄がいつも読んでるシリーズね」

桜子は、了解、と伝票に書いていく。

柊は、主人公が異世界に転生し、目覚ましく活躍していくライトノベルを愛読している。

「で、サクちんは、何をため息ついていたの？　もしかして、完結した『サク』にまだコメントがついてなかったり？」

「『サク』じゃなくて、『しがらみ』！」

「俺が書いてあげよっか？　呼び水になるかもよ」

「コメントはついたから大丈夫。お兄は、読んでないでしょう？　そんな人にテキトーなことを書かれたくない」

「一ページは読んだよ。『目が覚めたらそこは暗闇だった。ズキズキと頭が痛い。ここがどこなのかを認識する前に自分が何者かに殴られたことを思い起こした。いつもの学校の帰り道、足音が近付いてきたと――』

「ちょっ、もうストップ」

桜子はブスッとして言うと、ちゃんと覚えてるでしょう、と柊はいたずらっぽく笑う。

はいはい、と桜子は相槌をうった。

「それじゃあ、終わったら珈琲店来てね」

柊は、バイバイ、と手を振り、バックヤードに入っていった。

時計を確認すると、午後六時五十分。閉店十分前だ。

桜子が、レジ横のスイッチを入れると、店内に『蛍の光』の音楽が流れ始めた。

この曲の効果は絶大で、客たちはもうすぐ閉店であるのを認識してくれる。

「皆さま、閉店十分前です。お買い物される方は、よろしくお願いいたします」

京子の張りのある声に、検討していた客たちは慌てたようにレジに並んだ。

そうして、午後七時。船岡山書店は無事閉店となった。

「桜子、これも返品や、段ボール入れといて」

お客様のいる店内では『返品』という言葉は使わないようにしているが、閉店後は別だ。容赦のない言葉に桜子は顔をしかめながらも、「分かった」と、言われた通り段ボールの中に詰めていく。

その様子を見て、京子は苦笑した。

「あんたは、いつも返品のたびに、身を切られるような顔して」

だって、と桜子は口を尖らせた。

「私の夢は作家だよ。いつか本を出せたら私はきっと嬉しくて泣き崩れると思うの。私の本が容赦なく返品されたりしたら……」

書店は基本的に、本を買い取るわけではなく、委託——預かって販売をしている。そうして、次々に発売される書籍を棚に並べることができる。

預かっているものなので、売れなければ返すことができるのだが、一定期間を過ぎると、受け付けてもらえなくなるため、期間内に返品しなくてはならない。

店のスペースが限られている以上、動かなかった書籍をいつまでも棚に置いておくことはできないのだ。文庫の場合は、大体一ヵ月の売上を見て、芳しくなかった場合、返品の対象となる。

その仕組みは理解しているが、感情が追い付かず、桜子は、ううっ、と呻《うめ》く。

「そやけど、どんなベストセラー本かてある程度、返品されるもんやで」

「それも知ってる。けど、たくさん仕入れたベストセラー本が返品されるのと、数冊しか入荷しなかった渾身《こんしん》の新作が返されるのでは、わけが違うでしょう？　この本なんて、この作家さんのデビュー作なんだよ？」

「まぁ、そやな」

「大体、たった一ヵ月やそこらで判断しちゃうのっておかしくない？　世の中には、口コミでじわじわ評判が広がって、いつしかベストセラーになる本もあるじゃん。この本は、そうなる可能性を秘めてる面白い作品だと思うのに！」

そやなぁ、と京子は簡単に頷くも、でもな、と視線を合わせる。

「そういうんは、ほんまに珍しいことやさかい話題になるんや。めったにあらへん。桜子も知ってるやろうけど、発売日から一週間が、一番目立つところに置かれる時や。その後は次々に新しいのんが入ってくる。棚の花形にいてる時に動かへんかったら、大体はその後さらに動かへんのや」

ぐぐっと桜子は口を結んだ。

そやけど、と京子は、桜子の手の中の文庫に目を向けた。

「あんたがそないに言うんやったら、その本の返品、見送ろか？」

えっ、と桜子は顔を上げる。

「書店員のそうした熱意が市場を変えることがあるのもたしかや。あんたが仕掛けて、売ってみたらええ」

桜子は、困ったように本に目をそらす。

なんやねん、と京子は顔をしかめた。

「その本を応援したかったんちゃうの？」

桜子は、えっとね、と煮え切らない様子で本を手に取った。

「この本の内容、私が書いている作品の雰囲気と似ているの。だから、売れないのは複雑だし、逆に売れるのも悔しいっていうか……」

ぽつりと零《こぼ》した桜子を前に、京子は、やれやれ、と肩を下げる。何か言おうとしたが、「ま、ええわ」とつぶやいた。

「高屋君、待ってるんやろ。珈琲店に行ってよろしい」

桜子は、はい、と頷き、バックヤードへと引っ込んでいった。

3

今日の船岡山珈琲店は、夜八時で閉店だという。

隣の書店が今閉まったようで、買った本を手に珈琲店の方にやってくる客もちらほらいる。書店のレシートを見せたら、珈琲が五十円引きされるそうだ。

珈琲店の照明は落ち着いていて、本を読むには適していない。だが、この店では読書する客のことを考えて、テーブルの上に手許を明るくするライトが置いてあった。

ちょうど書店から来た女性客は、席に着くなり珈琲をオーダーし、買ったばかりの本を開いている。彼女の口許は、至福の笑みを湛《たた》えていた。

そんな表情を見ると、出版業界もまだまだがんばれるという気持ちになる。

「高屋君、サクちゃんはもうすぐ来るから、ちょっと待っててね」

そう声を掛けられて、ぼんやり店内を眺めていた高屋は我に返った。

顔を上げると柊が、コップに水を注いでいる。

「あ、はい。ゆっくり待っているので大丈夫ですよ」

高屋が、どうも、と会釈をして、コーヒーを口に運んでいると、柊は腰をかがめて耳打ちしてきた。

「今日のサクちゃん、たぶん機嫌悪いと思うから気を付けてね」

「え……」

そんな忠告を受けて気が滅入《めい》ったが、高屋が知る限り、桜子はいつも機嫌が悪い。

一応、訊ねてみる。

「何かあったんですか？」

「いやー、ここだけの話ね。サクちん、小説家志望なんだ」

その言葉に驚いて、高屋は目を大きく見開いた。

「彼女は占星術師では？」

「あれはなんていうか……そう、バイトの感覚なんだよね。ほら、今の時代、作家さんって執筆だけで食べていくのも大変だろうし、副業の一つとして考えているみたいなんだけどね」

彼女はやはり女子高生にしてはしっかりしているのかもしれない。今の女子高生を知らないだけで、皆がそうなのかもしれないが──。

柊は、でね、と話を続ける。

「がんばってるみたいなんだけど、なかなか上手くいかないみたい。高屋君は編集者さんだし、もし良かったらそれとなくアドバイスしてあげてよ」

高屋が、はあ、と曖昧に頷くと、柊はピッチャーを手に他のテーブルへと移っていった。

その時、ピコン、と高屋のスマホが音を立てた。

美弥からのメッセージだ。
原稿の続きだろうか、と思わず前のめりになる。
いつの間にか続きを心待ちにしている自分に気付き、高屋は苦笑した。
だが、そこに載っていたのは、意外な言葉だった。
『急に行き詰まってしまったので、少し時間をください』
物語はもうすぐクライマックスだ。意気込みが先行して、筆が止まったのだろう。
『承知いたしました。原稿、楽しみにお待ちしています』
そう返信をして、ふぅ、と息をつく。
外からパラパラと雨音がしてきて、高屋は窓に目を向ける。
日中は晴れていたが、今夜は嵐という予報だった。いよいよなのだろう。
店内の客たちが雨が降ってきたことに気付いて、弾かれたように立ち上がっている。
「傘をお持ちではないお客様には、お貸しいたしますよ」
マスターと柊が、透明のビニール傘をレジの横に置く。
百均で売っているような傘だが、『船岡山珈琲店』というシールが貼ってあった。
ここで傘を借りた客は、返しにやってくるのだろうから、親切であり、リピート客にもつながる良いサービスだと、高屋は素直に感心した。

アッという間に、店内の客がいなくなる。

会計をしていくレジの様子を見ていると、バックヤードから桜子が姿を現した。

彼女は、カウンターの中にいる柊に何かを伝え、そのままこっちに向かってくる。

その表情は暗く、柊が言ったように機嫌が悪そうだ。

「今度はどんな依頼？」

桜子は向かい側に腰を下ろすなり、ノートをテーブルの上に置いて訊ねる。

高屋は鞄の中から今月号の『ルナノート』を出して、彼女の前に差し出した。

「今月号の『ルナノート』、耕書出版さんから届いているよ」

そう言いながら、桜子は『ルナノート』を手に取った。

「ええ、桜子さんはハウスの記事など書いてくださっているので、献本しています」

すると彼女は、不可解そうに首を傾げる。

「でもね、先月は一冊だけ届いて、今月は二冊届いたの。それはどうして？」

うん？　と高屋は眉根を寄せた。

「雑誌の場合、献本は一冊だけのはずなので、何かの手違いかもしれません」

そう言いながら、高屋の中に何か違和感が生まれた。

だが、今は仕事に集中だ、と話を進める。

「桜子さんのハウスの説明が分かりやすいと社内でも評判でして、今度は『恋』に関する説明を聞きたいと……」

桜子はパラパラとページを開き、ふぅん、と相槌をうつ。

次回は『お金』と言っていたが、一遍に聞いては大変だろう、と『恋』に留めた。

「『恋』ね。たしかに、みんな知りたいことよね」

まあ、と高屋は曖昧に返事をする。

「高屋自身は、興味ないわけ？」

「今、気になる異性がいるわけじゃないので」

「なによ、こんな美少女を前にして、気にもならないわけ？」

桜子は、胸に手を当てて顔をしかめる。

その自信が羨ましい、と高屋は心から思う。たしかに顔の造作は整っているかもしれないが、この通り性格に難があるうえ、何より彼女はまだまだ子どもだ。

そう返したかったが、これ以上機嫌を損ねては面倒なので、何も言わずにいた。

「サクちん、お待たせ」

柊がトレイを手に、やってきた。

テーブルの上にメニューを置いていく。まずはアイスティー、そして大きな白い皿。

皿の上には、ちょこんとしたオムライス、ナポリタン、小さなハンバーグ、そしてサラダが載っている。別の銀の皿にはプリンもあった。オムライスの上には、旗が立っている。

それは、どう見ても――、と高屋は目を凝らす。

「まるで、『お子様ランチ』ですね」

そう、と柊と桜子は声を揃えた。

「大人だって、『お子様ランチ』を食べたくなるじゃないですか。そんなわけで、当店では、大人のための『お子様ランチ』も出しているんです。名前はそのまま『大人のお子様ランチ』。ちなみに本当はランチタイム限定メニューなんだけどね」

「私は特別にね」

桜子は得意げに笑いながら、おしぼりで手を拭う。

旗をよく見ると、京都タワーらしきイラストがプリントされていた。

「これは、京都タワーですよね？」

ええ、と柊。

「どうして、京都タワー？」

その疑問には、桜子が答えた。

「京都タワーってね、海のない京の町を照らす灯台のイメージだったんだって」

聞いたことがある話であり、高屋は黙って相槌をうつ。柊が引き継いだ。

「マスターが言うには、大人がお子様ランチを食べたくなる時って、童心に返りたかったり、大人でいることに疲れた時だと思うから、そんな人の心に京の灯台を、って心を込めて、この旗だそうで」

へええ、と高屋は感心して旗に顔を近付ける。

「ちょっと高屋、鼻息かけないでね」

「あ、すみません」

二人のやり取りを前に柊は愉しげに笑いながら、ごゆっくり、とカウンターへと戻っていった。

「お腹が空いてるから、食べながらでいい？」

「もちろんです」

「それじゃあ、いただきます」

と、桜子は手を合わせて、スプーンを持った。

『大人のお子様ランチ』に視線を落としながら、懐かしさに頬が緩む。

たしかに、大人になってもお子様ランチは魅力的だろう。

「話を戻して、恋の話だけど、思えばお兄や高屋世代って天王星も海王星も『水瓶《みずがめ》座』だし、恋愛に関して、そんなに積極的じゃないというか、一歩引いたところがあるのも納得だよね。ま、そうは言っても出生図によって違うんだけど」

彼女が何を言っているか分からず、高屋は「はっ？」と眉根を寄せる。

「世代を象徴する星ってのがあるのよ。地球からは目視できない遠くにある天王星、海王星、冥王星の三星なんだけど、これらは、動きが遅いから一つの星座に長く滞在するの。天王星は約七年、海王星は約十四年、冥王星は約十二〜三十二年かけて次の星座に移動する。だから、お兄と高屋世代はみんな、天王星と海王星が水瓶座ってわけ」

高屋がよく分からずにいるも、でね、と桜子はもぐもぐと食べながら構わずに話を続ける。

「お兄も恋愛に興味ないみたい。モテるのに全然その気がないのよ。だけど誰にでも親切で優しいから、女友達も多いし、勘違いしちゃう人も出てくるの。時々店の前で待ち伏せされたりしているのよ。そうそう、この週末も、女の人がずっと道路の向かい側でこっちを見ていたりして……あれは、間違いなくお兄のストーカーよね……」

桜子は首を伸ばして窓の外に目を向けて、ヒッと小さく呻いた。

「どうしました？」

高屋も振り返って窓の外を確認する。

先ほどよりも雨が強くなっていた。

雨の中、道路の向こう側の、電柱の陰に女性の姿があった。傘を差しているうえに、つば付きの帽子を深くかぶっているので、顔はよく分からない。

「…………」

高屋は何も言わずに、顔を戻した。

「えっと……星で見る恋愛の話よね」

桜子はストーカーらしき女性を見なかったことにしたようだ。高屋もそれに合わせて、そうです、と答えた。

「どういう切り口がいいかな。たとえば、出生図を見ることで自分の好みは分かるんだけど……」

「つまり、『自分が好む異性のタイプ』ということですか？」

高屋は手帳を開いて、確認する。

「そういうこと。女性側だったら火星の星座、男性側だったら金星の星座で分かるのよね。これは単純に『好みのタイプ』ってだけで、そういう人と結婚するって話じゃないんだけど」

高屋は、ふむ、とメモを取る。

「たとえば、三波さんの出生図の場合だけど……」

桜子は持参したノートを開く。そこに三波の出生図の紙が貼られていた。

「火星が乙女座にあるから、『乙女的な男性が好み』って感じ。もっと詳しく言うと、乙女座は、『才気に溢れていて、観察眼、分析力が高く、サポート力が高い、縁の下の力持ち』って感じかな」

前に秘書タイプと言っていたな、と高屋は相槌をうつ。

あくまでイメージだが、三波はそういう男性と合いそうだ。

桜子は、にっ、と八重歯を見せた。

「高屋は乙女座的資質があるから、さらにこういう感じになれるよう、がんばらなきゃねぇ。でもね、『絶対にこういう人じゃなきゃ駄目』って話じゃなくて、あくまで基本的な好みってことだけど」

高屋は額に手を当てた。

どうやら桜子の中では、『高屋↓三波』という恋の図式があるようだ。向きになって否定すると、桜子はますます喜んでからかってきそうなので、「そんなんじゃないです」と高屋は軽くいなす。すると桜子は前のめりになった。

「ねぇ、高屋の出生図も視てあげようか？　自覚していなかった女性の好みが明らかになるかもよ」

高屋は、「せっかくですが」と手をかざす。

「分かってるわよ。『天王星・水瓶座』はこだわり世代だもの、自分が心から納得しなきゃ受け入れられないのよねぇ」

食べ終えた桜子はスプーンを置いて、頬杖をついて言う。

そんな彼女を前に少し居心地の悪さを感じて、高屋は目をそらした。

「……ここに来て、大分、占いに対する嫌悪感は薄れてきたんですよ」

独り言のように静かに言うと、桜子は驚いたように目を見開いた。

「それなら、まぁ、良かったけど……」

素直に認めたのが意外だったのか、桜子は弱ったように『ルナノート』をパラパラとめくる。巻末のページで手を止めて、高屋を見た。

「ねっ、高屋、この連載小説、『花の嵐』だけど、あなたはどう思う？」

どうって……、と高屋が口ごもった時だ。

その時、稲妻の閃光《せんこう》が店内を照らし、ゴロゴロと雷鳴が轟《とどろ》いた。桜子はギャッと身を縮ませて、両耳に手を当てる。

「やだ、雷ピカッてした！」

「雷ピカッて……」

やはり女子高生だ、と高屋は失笑する。

次の瞬間、ハッと目を見開いた。

桜子は作家志望だという。そのうえ、作品のことで思い悩んでいたという話だ。

同じ頃、美弥から『急に行き詰まってしまった』と連絡がきた。

先月号は一冊だけだった『ルナノート』の献本が、今月号は二冊届いた。

そうか、と高屋は口に手を当てる。

――桜子こそ、美弥なのだ。

雑誌が二冊届いたのは、連載作家・美弥宛と、記事を担当した桜子宛ということ。

思えば、『花の嵐』の主人公・ミヤが発する言葉遣いは、桜子そのものだ。

そういうことだったんだ、と高屋は眼鏡の位置を正す。

雷は一度落ち着いたようで、桜子は「良かった」と胸に手を当てている。

「『花の嵐』ですが……」

高屋の言葉に、桜子は気を取り直したように前を向く。

「最初こそ突飛な部分に驚かされましたが、展開に勢いがあり、グイグイ読まされます。それが人気の秘密だと思ってます」

そっか、と桜子は息をつく。見たところ、あまり嬉しくなさそうだ。

褒め足りなかっただろうか？

「それじゃあさ、この人の作品って知ってる？」

桜子は、スマホを操作して、画面を見せる。

『柵―SHIGARAMI―』というタイトルが目に入る。いつの間にかローマ字が付け加えられていた。

「読みましたよ」

そう答えると、桜子は大きく目を見開いた。

「マジで？　うそ、読んだの？　どう思った？」

どうやら桜子は、この作品をライバル視しているようだ。まるで雰囲気が違う作品なのだが……。

「よく書けていましたよ。ただ……」

「ただ、なに？」

「主人公が洞窟のようなところで目覚めて、『ここはどこなんだ』『自分は何者なんだ』という冒頭はなかなか引き込まれました。洞窟の中で同じ状態の人間と出会い、それぞれ自らの生い立ちを話していくシーンが続くんですが、そこが少し冗長でしたね。ラストになって急にすべて終わってしまうので、全体のバランスが悪い感じがしました。もっとしっかりラストを書き込むのと、生い立ちのシーンをもう少し簡潔にするので随分、良くなる気がします」

「ふ、ふーん、なるほどね」

桜子は口を尖らせながら、ストローを口に運ぶ。

アイスティーを一口飲んで、足と腕を組んだ。

「……高屋も、ちゃんとした編集者なんだね」

その言葉は嬉しいが、まだまだちゃんとした編集者とはいえないため、頬が引きつった。

「何よその顔、褒めてるのに」

「いや、まあ……」

「ちょっと訊きたいんだけど、たとえば作家志望者がいたとします」

唐突に始まった譬え話に、これは彼女自身の相談だな、と思いつつ、高屋は黙って相槌をうつ。

「その作家志望者が書いている作品と、雰囲気のよく似た作品がすでに世に発売されてしまっている。……ま、よくある出来事だとは思うんだけど、もし、それがベストセラーだとしたなら話は別じゃない？　その場合、同じジャンルでは書かない方がいいと思う？」

ふむ、と高屋は眼鏡の位置を正す。

美弥の悩みは、それだったのか、と納得した。

おそらく、自分が書きたかったストーリーと似たような展開をしている作品を目にし、『どうしよう』と迷っているのだろう。

「模倣——つまり、言い方は悪いですが、パクりじゃなければ、アリだと思いますよ。誤解を招くほどに展開が似ていたら、トラブルになるかもしれませんが……」

「いやいや、そういうのとは違うの。ただのジャンル被《かぶ》りというか。えーと、本当にたとえばの話だけど、この『柵』で言えば、『一ヵ所に集められた記憶喪失者』のサスペンスじゃない？　少し雰囲気の似ている作品が先月刊行されたばかりなのよ。六人の大学生が無人の洋館に集められるんだけど、登場人物は皆、小学校五年生の夏休みの記憶が一部ない人たち……違うけど、ジャンルは少し似てるでしょう？」

「まぁ、そうかもしれませんね」

それで？　と高屋は訊き返す。

「だから、もしその作品がベストセラーになったら、『柵』は少し似てるからって、潰されちゃうというか、チャンスはなくなったりするのかな？　って、他人事《ひとごと》ながら思ったのよね」

しどろもどろの説明だったが、ようやく彼女の言いたいことが伝わった。なるほど、と高屋は腕を組む。

「どこの業界でも、アイデアなどが早い者勝ちで『椅子取りゲーム』状態ではあるのですが、出版業界に限っては、少し違っているんです」

「どういうこと？」

「たとえば、今、ライトノベル業界では『異世界』ものが当たり前のようにありますよね。どこの書店でも、大きく展開している」

うんうん、と桜子は首を縦に振る。

「お兄も大好きよ、異世界系」

「それは、そもそも異世界系が爆発的に売れたから、ここまで市場が大きくなったんです。すなわち、『異世界系を書きたい作家に多くチャンスが巡ってくる』ということなんです」

「まぁ、たしかにそうよね」

「『柵』もそうです。『柵』と似た雰囲気のサスペンス小説がベストセラーになったとしたら、出版社は『こういうものが今はウケるんだ』と認識します。そして、そうした作品を一点でも多く本にしようと動き出すわけです。演劇などの世界では、役者が舞台に上がるために役の取り合いになってしまいますが、本の世界では違うんです。ひとつの成功が、多くの者に成功をもたらすんですよ」

　桜子は大きく目を見開いている。

「……これは、前の編集部の編集長が言っていたことですが、『コミックがたくさん売れてくれることで出版社は潤って、あまり売れないけれどかたちにしたい本を刊行できる。出版界で『売れる』というのは、この業界に住む者にとってプラスにしか働かないんですよ』と」

　高屋は就職するまで、コミックなどを下に見ている節があった。

　そんな部分を感じ取った大平編集長は、『君が愛する文芸作品は、君があまり読まない作品のおかげで本にできている側面もあるんですよ』と言ったのだ。

　その言葉は、『コミックのおかげでキミは給料をもらえている』と言われるよりも、高屋の胸に響いた。

そっかぁ、と桜子はつぶやく。

「……そのサスペンス作品、返品されそうだったの。だけど面白かったから、がんばって仕掛けてみる」

ライバル作品である『柵』の応援をしようとする桜子の姿に、高屋の胸は打たれた。

「『花の嵐』も完結まで書いたら、さらに良い話が来ると思うので、がんばってもらいたいと思っています」

今はコミカライズの話は出せない。だが、少しでも励みになれば、と思い高屋がそう言うと、桜子は「はぁ」と気の抜けた声を出す。

やはり褒め足りなかっただろうか？

「……自分も続きを楽しみにしています」

そう続けると、桜子は露骨に顔をしかめる。

「そんなの『美弥』に言ったら？」

あくまでしらばくれるようだ。

ここは、大人のすごさを見せてやろう、と高屋は顎の前で手を組んで彼女を見る。

「分かっているんです。君が、美弥なんですよね？」

「…………」

桜子は無言で『ルナノート』を丸めて、高屋の頭をポコッと叩く。

「痛っ」

「ウソ、そんな強く叩いてないわよ。ってか、私が美弥って何それ？　全然、違うんだけど」

「ええっ？　だって君は小説家志望なんですよね？」

「だ、誰がそんなことを？」

「柊さんに聞きました」

ったく、お兄のやつ、と桜子は舌打ちする。

「だからって、どうして私が美弥なわけ？」

「美弥さんはおそらく関西在住、あなたの許に『ルナノート』の献本が二冊届いている。これはもう間違いないと……」

「違うわよ。私が書いているのは、この作品！」

桜子はスマホを手に、『柵』の表紙ページを見せた。

「完結させたのに、全然読まれないし、ようやく感想のコメントがついたと思ったら、耳に痛いことが書かれていて落ち込んで……」

「桜子さんが『柵』を……」

意外に思いながら、高屋も『柵』についたコメントを確認する。

『背伸びが痛々しい』、『竜頭蛇尾』と書かれていた。

『柵』のように、文章を詰め込んだ作品には、読み慣れた人間がつくのだろう。コメントも手厳しくなるのかもしれない。

新人、ベテラン問わず、作品を批判されるのは傷つくものだ。

その時、大平編集長は、作家にこんな言葉をかけていた。

『作品が表に出る以上、多くの人の目にさらされます。厳しい言葉が来たというのは、それだけたくさんの人の目に届いた証拠でもあります。批判に傷付いてしまうのは、仕方がないことですが、読者に傷つけられた傷を、癒《いや》してくれるのもまた読者です』

しかしこの言葉は、桜子には響かないだろう。彼女はそもそもたくさんの人に読まれたという実感がないのだ。

「自分は、『柵』に出会えて、嬉しかったですよ」

桜子は、驚いたように顔を上げる。

「このサイトにこんなに書ける人がいるんだ、と希望を持てました。更新されるたびに、チェックしていましたし、次回作も楽しみにしていました」

みるみる桜子の鼻の先が赤くなっていく。目に涙が滲んだのを隠すように、ふいっと横を向いた。

「何よ、美弥と私を間違っていたくせに」

「それは謝ります。あなたの口調と『ルナノート』の献本、先月号が一冊、今月号が二冊届いたと聞いて、絶対にそうだと思ってしまいました」

「…………」

桜子は何か思い当たる節があるのか、思案を巡らせているような表情をしている。

「……実は、雑誌は別々の封筒に入れられて届いたの。一冊は私宛、もう一冊は、神宮司京子――お祖母ちゃん宛に届いたの」

えっ、高屋は目を瞬かせる。

もしかして、という一つの可能性が頭に浮かぶ。

桜子も同じことを考えているようだったが、ないない、と苦笑して頭を振った。

「お祖母ちゃん、執筆とかに興味なさそうだもん。最近は忙しくて小説を読めなくなってきたって。建築系の雑誌は好きで、いつも見ているけど……」

はっ、と高屋は口に手を当てる。

「何よ、その顔」

「美弥さん、全体的な文章は非常にライトなんですが、建築に関する描写だけは、まるで別人のように凝っているんです」

「うそ……」

疑惑が濃厚になるも、美弥＝京子というのは、どうしても信じられない。

はあっ！　と今度は桜子が口に手を当てた。

「どうしました？」

「お祖母ちゃん、京子って名前でしょう？　この辺り……というか京都には『京子』って名前の女の子が多くて、お祖母ちゃんはみんなと同じが嫌で若い頃は自分のことを京子と書いて『ミヤコ』って名乗ってたんだって。だからお祖父ちゃんも時々お祖母ちゃんのことを『ミヤちゃん』って呼ぶの」

「そういえば、マスターのあだ名は、『ショウ』でしたね」

『花の嵐』は、ミヤとショウの物語なのだ。

「うっそぉ、本人の前でくそみそに言っちゃった……」

ぶるり、と高屋の体が震えた。

桜子は、信じられない、と頭を掻いて、左右二つに結んでいたヘアゴムを取った。

長い髪が肩に落ちる。

桜子は手櫛《てぐし》で整えながら、大きく息をついた。髪を下ろした桜子は、ツインテールの時とはまるで違い、どこかミステリアスな雰囲気だ。

「高屋、気を取り直して、仕事しよ」

「は、はい」

『ルナノート』の巻頭には、読者が自分の出生図を書き込めるよう、星座や惑星が入っていないホロスコープ図が載っているページがある。

桜子はそのページをミシン目に沿って丁寧に切り取って、ペンを手にした。

その時、マスターがポットを持ってやってきた。

「高屋君、コーヒーのお替わりいかがですか？」

「あ、すみません」

いえいえ、とマスターはカップにコーヒーを注ぎ、窓の外に目を向けて、おや、と目を凝らした。

「あんなところに女性が。傘を差していてもずぶ濡《ぬ》れになってしまいますね」

マスターはポットをテーブルの上に置き、傘を持って女性の許に向かった。

桜子は、あー、と額に手を当てる。

「お祖父ちゃん、お兄のストーカーを招いちゃうんだ……」

当の柊はカウンターの中で作業をしている。だが、マスターが外にいる女性を招いているのを知り、すぐにタオルを用意して、扉へと向かった。

マスターに声を掛けられた女性は、戸惑ったようにしながらも店に入ってくる。

柊にタオルを手渡されて、恐縮そうにしていた。

その反応を見ている限り普通の人だ。

色褪《いろあ》せた服を着ていて、身を縮めているせいか、少しみすぼらしく映る。

彼女はおずおずと帽子を脱いで、こちらを見た。

「…………」

高屋は思わず持ち上げかけていたカップを落とした。

カチャンという音と共に、テーブルにコーヒーが広がる。

桜子は、ぎゃっ、と声を上げて、紙ナプキンで拭いていく。

「ちょっ、高屋、何やってるの」

だが、高屋はなんの反応もできないまま、その女性を見ていた。

「誠……」

彼女は高屋の母だった。会わなくなって十数年。重ねた年数の片鱗《へんりん》が肌にあらわれていたが、顔は変わらない。

「母さん……」

ぽつりと零した高屋のつぶやきに、桜子は「えっ」と顔を上げる。

桜子を見るなり、母は目を大きく見開く。

テーブルの上のホロスコープにも視線を移し、呆然とした様子で立ち尽くした。

「ヒミコ様……？」

「いえ、あの」

桜子が返答しかけた次の瞬間、母は勢いよく桜子の胸倉をつかむ。

「この、詐欺師！　私だけじゃなく、息子まで騙そうとしてるわけ？」

「ちょっ、何よ、いきなり」

「『船岡山アストロロジー』に姿を現さない女占星術師がいると知って、嫌な予感がしたのよ。あんたのせいで、私はすべてを失ったのよ。返しなさいよ、私のすべてを返しなさいよ。謝りなさいよ！」

「母さん、違うっ」

高屋は母の手をつかんで、体を押さえた。

「誠、あなたはこの上に住み始めたという話だけど、どういうことなの？　もしかしてすでにヒミコの信者に？」

「彼女はヒミコじゃない！」

なぜ、母が自分の近況を知っているのか問《と》い質《ただ》したかったが、その前に誤解を解く必要があった。

母が桜子を見て、ヒミコだと思ったのも無理はない。

いつものツインテールとは違い、髪を下ろしている今の彼女は、随分と大人びて見える。ここに覆面占星術師がいるという情報をつかんだ状態で、今の彼女を見たならば、勘違いしても不思議ではなかった。

「そうよ、私はヒミコじゃないわ！」

桜子は腕を組み、でもね、と睨みつける。

「ヒミコに対して『あんたのせいで』って、それは少し違うんじゃない？　だって、あなたはいい大人で、すべては自分の判断でしょう？　当時あなたを諌《いさ》める周りの声があったにもかかわらず、あなたは聞く耳を持たずにヒミコを選んだ。それって自己責任じゃない！」

「あんたに何が分かるのよ！　『星の巫女』を運営していたヒミコの親は逮捕され

て、解散になったのよ。信じていた私たちはどうなるの？」

「どうなるって、前に進むだけじゃない」

え……と、母は戸惑った表情を見せる。

「騙されたって傷つけられたって、人は前に進むしかないんだから。大体、ヒミコに嵌ったのも、ただの現実逃避でしょう？　あなたはあなたで心の隙間を埋めるためにヒミコを利用してたのよ」

それは図星だったのだろう。母の体が小刻みに震えている。奥歯を噛みしめたかと思うと、「この……」と母が手を振り上げた時だ。

柊が一歩、前に出た。

ぱあんっ、と母が柊の頬を平手打ちした音が響く。

我に返ったように、母が目を見開く。

母が何か言う前に、柊が深々と頭を下げた。

「大変、申し訳ございませんでした」

桜子の遠慮のない発言を謝っているのかと思ったが、そうではなかった。

柊は顔を上げて、そっと自分の胸に手を当てた。

「『ヒミコ』は、俺なんです」

その言葉に、高屋は眉根を寄せ、母は目を瞬かせる。

「え……だって……？」

母は目を泳がせながら、口に手を当てる。彼女の混乱は理解できた。

高屋も同じ気持ちだ。

ヒミコは、『美少女』だったのだ。

「当時の俺は、女の子の格好をして占っていました」

その言葉に、高屋は思わず柊の顔をジッと見た。

そう言われてみれば、しっかりと面影がある。

黒髪で巫女姿の美少女と、今の柊はまるで違っているため、重なることはなかったのだが、事実を聞いた今は、どうして分からなかったのだろう、と感じるほどだ。

そんなの、と母が空笑いをすると、柊は言いにくそうに続けた。

「一九××年九月東京生まれの――日付や時間も覚えていますが言いません――高屋法子《のりこ》さんですよね？」

母の肩がびくんと震える。

ヒミコは相手の顔を見るだけで、生年月日と出生図が見える特殊能力を持っているという噂だったのだ。

母は仰天したようで、口に手を当てている。

柊は、そのまま高屋の方を見た。

「高屋君にも謝らないと……。その前に、黙っていてごめんね」

高屋も母と同様に、呆然としながら柊を見る。

柊がヒミコだったのも驚きだが、ヒミコの噂が本当だったのにも愕然《がくぜん》とさせられた。

「本当に君は、特殊能力を？」

すると柊は、ううん、と首を振る。

「異常に記憶が良いだけなんだ。だから一度会った人の顔と生年月日や出生図が頭の引き出しに入っていて、それを取り出せるだけで特殊能力っていうわけじゃないんだ」

それはある意味において特殊能力ではないか、と思ったが、世の中にはそういう特技を持つ者はいる。

「俺の本当の名前は、『ヒイラギミコト』って言うんだ。柊《ひいらぎ》が苗字で、実に琴って書いてミコト」

柊というのは、苗字を基にした愛称だったようだ。

「実はマスターと京子さんの孫じゃなくて、桜子の兄でもないんだよ。遠縁ではあるんだけど」

泣き出しそうな笑みでそう言った柊を前に、なぜか高屋の胸が詰まった。

4

マスターがコーヒーを淹れ終えた頃、場は随分と落ち着いていた。

店内には、高屋と高屋の母、マスター、柊、桜子、そして騒ぎを聞きつけた京子の姿もあった。

静寂の中、最初に口を開いたのは、京子だった。

「実琴《みこと》は親戚の子で、昔、近所に住んでて」

話はこうだった。

柊の祖父が、京子の従兄《いとこ》。

だが、その従兄はすでに亡くなっている。

柊は幼い頃、祖母・両親と共にこの界隈に住んでいたそうだ。

家が近かったこともあり、柊の一家とは近所付き合いもしていた。

幼い柊は、マスターを慕っていて、よく珈琲店に遊びに来ていた。

まだ孫がいなかったマスターは、柊を孫のように可愛がり、船岡山へハイキングに連れて行き、星の話などをした。柊は目をキラキラさせて星の話を聞き、どんどん占星術にのめり込んでいった。

「実琴の驚異の記憶力は幼い頃からでした。学んだ占星術をみるみる吸収していく。私は驚きながらも、この子に教えるのが、本当に楽しかったです」

マスターがしみじみと言う。

柊が星に夢中になったのには理由があった。柊は、家庭内の争いから逃避するように、星にのめり込んでいたのだ。

東京から嫁いできた柊の母にとって京都は住みにくかったようだ。母と祖母、つまり嫁姑《しゅうとめ》関係が上手くいっておらず、家の中がギスギスしていた。

やがて夫婦関係も悪くなり、離婚。

母は柊を連れて、東京に戻り、生活するようになった。

でもね、と柊は目を伏せたまま、苦笑する。

「母方の祖父母はすでに伯父と同居してたんだ。だから帰る場所があったわけじゃなくてさ。近くには住んだんだけど、実家が何かを手伝ってくれたわけでもなかった。

母さんは一生懸命働いてくれていたから、感謝してたよ。そして俺はますます占星術の世界にのめり込むようになったんだ」

柊はひとつ息をついて、話を続ける。

「ある朝、現在の天空図を確認したら、火星が牡羊座《おひつじ》に移動していてね。母さんの出生図と併せて見てみたら、なかなかタイトな角度を取っていたから、『今日はトラブルや喧嘩、火傷《やけど》に気を付けてね』って母に伝えたんだ。そうしたら母さん、今まさに火傷をしたばかりだった。それまで母さんは、『また星占い遊びしてる』って感じだったんだけど、その日から見る目が変わったんだ」

母は世間話で、交際していたパート先の上司に息子の話を聞かせた。

上司は、『実琴君なら可愛いし、星占いをさせたら人気が出るんじゃないか』と言い出したのだ。

「それからが、ちょっと早かったかな」

と、柊は自嘲気味な笑みを浮かべる。

名前も『ミコト』を少し変えて、『ヒミコ』にしよう。知り合いに分からないように、巫女の格好をさせよう。と、はじめは、遊び感覚だった。

九歳の時、占いのイベントに出店したのをキッカケに、『ヒミコ』が認知され、記憶力の良さも話題になって、瞬く間に人気の占い師となった。

「で、母はその上司と再婚した。義父はすぐに会社を辞めて、俺のマネージャーみたいになって、その内に『星の巫女』って会を立ち上げたんだ」

『星の巫女』が入会料、鑑定料、対面券などと、いろいろ金額を付けていたのは知っていたが、柊は実情を把握していなかった。

言われた通りイベントに参加し、占星術鑑定をし、お喋りをして終わる。

「俺の星読みとしてのスキルは一般的な占星術師と変わらなかったと思う。でも小学生だったのと、一度会った人の出生図を覚えている記憶力に巫女スタイルの神秘的な雰囲気が後押ししたんだろうね。なんだか、カリスマみたいになってしまって……」

客はいつしか信者となり、ヒミコを前にするなり、感激して泣き崩れるようになっていた。

柊は最初こそ戸惑っていたけれど、いつしか慣れていく。

柊も母も義父も、麻痺《まひ》していたのだろう。

「何事にもさ、『適正価格』っていうのがあるものなんだよね。そのバランスが崩れたまま進んでいくと、大きな歪みとなっちゃう。そして、自分が放ったものが返ってくるのが、宇宙の法則。つまりやりすぎたツケは、必ず払わされるってことで」

いつしか、『高すぎる』という声が届くようになる。

親たちはそんな声をことごとく無視し、退会には罰金を科すようになっていた。

やがて、『星の巫女・被害者の会』が発足された。

その告発に始まり、母と義父は詐欺罪で逮捕。

当時、十四歳だった柊は、親に利用されていた被害者として保護された。

「母方の祖父母は、うちとは縁を切っちゃってたから、俺はその後、京都に戻って、父さんに引き取られたんだ。まぁ、父さんも再婚していて、居場所もなかったから、すぐ家を出たんだけど」

柊はそう言って肩をすくめる。

そのまま高屋と母の方に顔を向けた。

「高屋君、法子さん、そういうわけで、ヒミコは俺なんです。あらためて、大変、申し訳ございませんでした」

その時、彼のつむじが見えた。根元までしっかり金色に染まっている。

「…………」

それを見て、母は複雑そうな表情を浮かべた。

母は、ヒミコの美しい黒髪がとても好きだったのだ。

柊はしばし頭を下げていたが、母は何も言わないままだった。

これ以上、ここにいても仕方がないと思ったのか、柊はもう一度頭を下げて、カウンターへと下がっていった。

桜子も決まり悪そうな表情で、京子と共にバックヤードへと下がる。

マスターはカウンターの中に入り、気が付くと、高屋と母、二人きりになっていた。

さっきまでは聞こえていなかった雨の音が、耳に届く。

母は呆然とした様子だ。

「……母さんは、どうしてここに？」

高屋がぽつりと訊ねると、母は弱ったように目を伏せる。

「私はずっとあなたに会いたいと願っていたわ。五年前、そんな思いが募り募って、お義母《かあ》さんとお義父《とう》さんに誠に会わせてほしいってお願いしたんだけど、けんもほろろに追い出されてしまって……。でも諦められなくて、季節ごとに手紙を書いて送っていたの。誠の誕生日には、わずかだけど図書カードを贈ったりしてね」

誕生日にはいつも、祖父母から図書カードをもらっていた。あれは母が贈ったものだったのかもしれないと思うと、高屋の胸が詰まった。

「あなたが二十歳になった時に、初めてお義母さんが返事をくれたのよ。それから、就職した時、転勤が決まった時も連絡をくれたわ。だから、あなたが大阪支社に異動になったのは知っていたの」

そこまで聞いて、高屋はマル編集長の言葉を思い出した。

「もしかして、編集長に電話を？」

母は身を縮ませながら、申し訳なさそうに頷く。

「ええ、誠がどうしているか、どうしても聞きたくて、お義母さんの振りをして電話をしてしまって。そうしたら編集長さんがいろいろ教えてくれたのよ。『ルナノート』を担当していることや、船岡山書店さんの上で下宿をしていると」

個人情報とは……、と高屋は額に手を当てる。

「それで『ルナノート』を読んでみたら、『船岡山アストロロジー』という覆面占星術師のページがあって、検索したら、その占い師は船岡山珈琲店にいるようだし、なんだか胸が騒いだのよ。それでいてもたってもいられなくてここまで来たんだけど、いざとなったら、あなたに拒否されそうで怖くて入れなくて……」

母は、高屋の方を向き、頭を下げる。

「……誠、あの頃の私は、周りが見えなくなっていた。本当にごめんなさい。私、あなたにどうしても許してもらいたくて」

　こんな時、なんて言って良いのか分からない。

　許すも、許さないもなく、ただ頭が真っ白だ。

　突然叩きつけられた事実の数々に、今は頭の中が混乱していた。

「言いたいことは分かりました。でも、今日はもう帰ってください。タクシーを呼びますので……」

　母に対して、どんな口調で話してよいのか分からず、敬語のまま伝える。

　そう言うのが、精一杯だった。

5

　その後、高屋は二階の自分の部屋に戻り、畳の上に大の字になっていた。

　強かった雨の音が、少しずつ緩やかになっていくのを感じていた。

　冷静になってくると、いろいろなことが分かってくる。

　母は船岡山珈琲店に覆面占星術師がいると知って、心配になって駆けつけたと言っていた。けれど、本当の理由は別にあるのではないだろうか？

母のみすぼらしかった身なりが、頭を過る。

おそらく生活に困窮しているのだろう。タクシー代として少し多めに手渡した時、救われたような表情を見せたのだ。

もしかしたら、金の無心に来たのかもしれない。

そう思うと、口の中に苦いものがこみ上げる。

枕に顔を押し付けていると、トントン、とドアをノックする音がした。

体を起こして、ドアを開けると柊がそこにいた。両手に缶ビールを持って、「少し話せる？」と、遠慮がちな笑みを浮かべている。

どうぞ、と高屋は、柊を招き入れた。

「ありがとう、お邪魔します」

ヒミコをずっと憎んでいたはずなのに、柊のことは嫌いではない。

真相を聞いた今も、どこか狐《きつね》につままれた気持ちだ。

ヒミコはあるはずのない特殊能力をでっちあげて、多くの人から金を搾取した忌まわしき子どもだ、と思い込んでいたのだ。

オカルト的な力ではなかったが、柊は実際に特殊な能力を持っていた。

「はい、これ高屋君に」

柊は畳の上に胡坐《あぐら》をかき、缶ビールを差し出す。

高屋はビールが嫌いだったが、口の中にこみ上げた苦いものを払拭したいと受け取る。乾杯、と缶をかざす柊を無視して、高屋は蓋を開け、ビールを喉の奥に流し込んだ。

「…………」

どうしたわけか、染み入るように美味い。目に涙が浮かぶほどだ。

大人がビールを好むのは、人生の苦みを知っているからなのかもしれない。

あらためて柊を見る。視線に気付いた柊は頬に手を当てた。

「俺の顔に何かついてる？」

「あ、いや、真相を知った今も、桜子さんとよく似ているなと思って……」

だよね、と柊は八重歯を見せて笑う。

「サクちんは京子さん似で、俺は祖父に似てるから、たまたまなんだと思うよ。それよりも、俺と高屋君って、ちょっと似てるなと思ったんだ」

柊はビールを飲みながら、しみじみと言う。

「僕と君が？」

どこが？　という気持ちで眉根を寄せると、柊は少し笑って、話を続ける。

「容姿じゃなくて境遇の話。親に振り回された子どもというのもそうだし、『星の巫女』の騒動がいろいろと落ち着いてきた頃なんだけど、俺は、父の家で生活していても身の置き場がなくてね。継母《ままはは》ともぎくしゃくして、けど仕事も見つからなくてさ。高校も行ってなかったし」

柊は、でね、と缶ビールを置く。

「急に俺に星のことを教えたマスターに文句を言いたくなったんだ。あんたのせいだって、あんたが俺に星のことなんて教えなければばって。それまで、珈琲店の前を通らないようにしてたんだけどさ」

「本当に文句を？」

柊は、うん、と頷いた。

「閉店後に店に入って、ものすごい勢いで文句を言った。『あんたのせいだ！』って」

「それで、マスターは？」

「マスターはずっと『うんうん』って話を聞いてくれてた。一言も反論しなかったんだ。だって実のところマスターはまったく悪くない。俺はそのことを分かってる。泣きながら言いたいことを言い尽くして、冷静になって恥ずかしくなってきて」

その気持ちが痛いほどに分かった。

「そしたら、マスターが『お腹が空いたでしょう。君が大好きだったメニューですよ』って、お子様ランチを出してくれたんだ。それがすごく美味しくて……」

泣けたなぁ、と柊は頬杖をついた。

一連の流れを聞きながら、高屋はここに初めて来た時を思い出す。

自分も怒り散らして、その後に力尽き、美味しいナポリタンに心を癒されたのだ。

「たしかに、ちょっと似てますね」

でしょう、と柊は笑う。

「高屋君が占いを憎んでいるのは、ヒミコの……俺のせいだって気付いてた。だから、機会があったら謝りたいと思っていたんだ。あらためて、ごめんなさい」

柊は膝を揃えて、頭を下げる。

高屋は返答に困って、目をそらした。

「……それで、それから君は、どういう経緯でここに？」

「いや、実はその日から、ずっとここにいるんだ、俺」

えっ、と高屋は目を瞬かせた。

「その日、ここに泊めてもらってさ、まだ帰りたくなかったから、家にも連絡して、ここの手伝いを始めて……そうして五年」

柊は、五年を示す掌《てのひら》を見せる。

「もしかして、マスターが星読み鑑定をやめてしまったのは、君が来たから？」

そう、と柊は頷く。

「俺自身占星術をやめたから。ヒミコと音の響きが似ているミコトの名前も封印して柊って名乗るようになったたし、そんな俺に対してマスターも申し訳なく思ったみたいで鑑定をやめてしまった。……でも、サクちんが来て、事情が変わったんだ」

柊は苦笑して、ビールを口に運ぶ。

「彼女が何を？」

「サクちんも小さい頃からマスターに星読みを教わった占星術が大好きな子なんだ。でも、俺の事情を知って、それが原因でマスターが星読み鑑定をやめてしまったのを知って、めっちゃ怒り出して。もう仁王立ちしてね、お兄がやっているのは、ただの逃げだって。そんなの駄目だって。お兄がやらなければ、私がやるって言ったんだよ。だから、鑑定の間、側で見ていろってね。たぶん俺の背中を押したかったんだと思う。それでも俺は逃げたままだったんだけど。まったく強くて羨ましいよ、サクちんは」

「同感ですね」

「でも被害者だった高屋君のお母さんに、あんなことを言っちゃうのは問題アリだけどね」

「ですが、一理ありますね。子どもが大人に騙されるならば話は別ですが、自己責任だと思います。桜子さんが言ってたように、母もヒミコを利用していた部分はあると思いますし……」

母が、あの頃、現実逃避をしていたのは、子どもの目にも明らかだった。

そんな心の隙間につけ込むようなビジネスは、もちろん言語道断だ。

だが、占い全般が悪いわけではないという気持ちに変わっている。

これまで桜子やマスターがしてきた鑑定を振り返る。

あんなにも、『自分で判断して決めろ』と強調していたのは、占星術に依存されたくなかったからだ。

あくまで、占いは、人生を上手く生きるための道具。

道具に振り回されて、自分の人生を見失うのは、本末転倒なのだ。

「高屋君が、そんなふうに言うなんて意外」

「自分でも……そう思います」

高屋と柊は顔を見合わせて、小さく笑う。

「……高屋君のお母さんは、あの後どうなったの？」

「帰りましたよ。特に話すこともなかったですし」

「謝ってた？」

ええ、と高屋は頷く。

「でも、今さら謝られても複雑な気分でした」

柊は、そうだよねぇ、と息をつく。

「俺も、もし母さんが謝りに来たら、同じ気持ちになると思う。でもさ、会いに来てくれたのは、ほんの少し嬉しかったりしない？」

そう問われて、高屋は再び苦い気持ちになり、目を伏せた。

「きっと母は、金の無心に来たんですよ」

こんなことを言うつもりはなかったが、口をついて出た。すると柊は目を丸くした後、小さく笑う。

「そんなわけないじゃん。覆面占星術師の話を知って不安になったって、お母さん、言ってたじゃん」

「そうかな。僕が就職したから、給料をもらっていると思って来たんですよ」

「いやぁ、普通、何年も会ってなかった息子に会って、お金をもらえるなんてお気楽なことを考えられるかな？」

「ですが、そういう親はたくさんいます」

まー、そうだけど、と柊は頭を掻く。

「高屋君のお母さん——法子さんに限って、それはないと思うよ。彼女は太陽も土星も乙女座だったしね」

柊はぽつりとそう話す。本当に母の出生図が今も頭の中にあるようだ。

高屋が呆然としていると、柊は我に返ったように口に手を当て、頭を掻く。

「えっと、お母さんはお金の無心とかではないと思うよ。何より高屋君を大切に想ってるのはたしかだよね」

そう言い切る柊を前に、高屋は顔をしかめる。

「どうしてそう思うんですか？　それも出生図に？」

思わず嫌味のように返すと、柊は、ううん、と首を振った。

「だって、サクちんを見た時、最初に出た言葉が、『息子まで騙そうとしてるわけ？』だったよ。人って咄嗟《とっさ》の時こそ、本心が出るものだと思う。あの時のお母さん、自分の恨み言より、息子のことだったじゃん。高屋君を護《まも》ろうとしたんだよ」

「…………」

高屋は何も言えなくなって、目をそらした。

気が付くと雨の音がやんでいる。

柊は腰を上げて、障子を開けた。

「わっ、雨あがってるね。高屋君、今から『国見の丘』に行かない？」

高屋はぽかんとして顔を上げる。

「雨上がりの星空って、すごく綺麗なんだ。さっ、行こうよ」

やや強引に手を引く柊の勢いに圧されて、高屋は立ち上がった。

6

船岡山は、山というより小高い丘だ。

ウォーキング感覚で登ることができるのだが、雨上がりの夜となると話は別だった。

視界が悪く、足元は滑りやすいため、神経を使いながら歩かなくてはならない。

『国見の丘』までたどり着いた時、高屋は肩で息をしていた。

いち早く到達した柊は、うわぁ、と天を仰いでいる。

「高屋君、ほら、見て！」

その声につられるように顔を上げると、すっかり雲はなくなっていて、星空が瞬いていた。

東京では見ることができない、星の数。

京都もそれなりに都会だと思っていたため、こんなにも星が見えることが高屋には意外だった。

「やっぱり雨上がりの星空は、綺麗だねぇ」

柊は手を広げながら言う。

「驚きました。こんなにも星が……」

「そりゃ、京都は高い建物が少ないし、ネオンもあまりないからね。政令指定都市にしては、星がよく見えるんだよ。この季節は北斗七星に春の大三角形やうみへび座とか見付けやすいよね」

あれがそうだよ、と柊は天空の星を指す。

柊の横顔は、とても嬉しそうだった。

彼は本当に星が好きで、占星術の世界へと入っていったのだろう。

「もう、君は、星読みはやらないんだ？」

「いやぁ、そんな資格ないでしょう。『ヒミコ』がまた星占いを始めるなんて、許されないってちゃんと分かってるし」

柊はそう言って、あはは、と空笑いを見せる。

その笑顔からは切なさが伝わってきた。

今も彼は占星術が好きで、その一番好きだったものを封印することが、罪滅ぼしだと思っているのだろう。桜子が『船岡山アストロロジー』を再開させたのは、そんな柊の背中を押したかったからなのかもしれない。

「僕は、『星の巫女』騒動で占いに対して、強い嫌悪感を持つようになった。そういう人間も多いと思う」

以前の自分ならば、ヒミコが再び『占い』を始めたと知ったら、強い憤りを覚えたに違いない。

「でも、ここに来て、占いは道具なんだと思えた。ハサミやナイフと一緒で、占い自体が悪いわけじゃなくて、使う人が気を付けるものだと」

だからこそ、と高屋は、柊を真っすぐに見た。

「もし、君の中にまだ占星術を続けたい気持ちがあるなら、逃げずに向き合うべきだと思う。今後、君は誠実な占いをして、占いのイメージを回復させなきゃならない責任もあるだろう」

高屋の頭に、再び大平編集長の言葉が浮かんだ。

「もし君が再び表に出たなら、厳しい言葉もたくさん来るだろう。けど、それを受け止めるのも贖罪《しょくざい》じゃないかと思う。占星術に傷つけられた傷を、癒すのもまた占星術だと思うから……」

柊は大きく目を見開いて、高屋を見ていた。

その後に顔をくしゃくしゃにして、ぼろぼろと涙を流す。

声を殺して泣く柊を前に、高屋はどうして良いか分からずに、見ていない方がいいだろうと背を向けた。

『国見の丘』から、京都の控えめな夜景がまばらに広がっている。

まるで黒い海に浮かぶ魚船のようだ。

その中に、ライトアップされた京都タワーがひょっこり飛び出ていた。

柊が言っていたように、灯台のように見える。

その優しく柔らかな光は、大人になりきれず、迷っていた自分たちを導いているように映った。

エピローグ

1

桜子は学校から帰ってきて、船岡山書店にバイトに入るなり、ディスプレイ作業を始めた。

書棚の横に小さな丸テーブルを置き、その上に黒い布をかける。そこに昨夜のうちに書いておいたPOPを設置した。

『ページをめくる手が止まらないサスペンス特集！』

返品されそうだった本を含めた、サスペンス作品を集めて、そこにディスプレイした。一作一作に細かく説明を書いたPOPも貼り付けていく。

パートの智花は新しくできたコーナーを見て、わぁ、と目を輝かせた。

「桜子ちゃん、雰囲気があってすごくいいね」

でしょう、と桜子は目を輝かせて振り返る。

「このディスプレイ、ＳＮＳにもＵＰするつもりなの」

「いいと思う。桜子ちゃんがブームの火付け役になったりして」

「やだ、火付け役なんて、そんな」

桜子は照れたように笑いながら、あれ？　と店内を見回す。

「そういえばお祖母ちゃんは？」

「今、京子さんは珈琲店に行っているの」

へぇ、珍しい、と桜子は洩らす。

「それじゃあ、智花さん、私が来たから帰り支度しても大丈夫だよ」

「そうなんだけど、私は残業して店番しているから、桜子ちゃんも珈琲店に行ったらどうかな？」

そう言う智花に、桜子は、どうして？　と小首を傾げた。

「なんだか、高屋君のお母さんが来ているみたいで……」

その言葉を聞くや否や、桜子は弾かれたようにバックヤードに飛び込み、珈琲店へと向かった。

2

船岡山珈琲店の扉の前には、『CLOSED』という札がかかっている。

ここは気まぐれな店なので、いきなり閉まっていても常連客たちは驚くことはないという。

最近は柊がSNSに店の情報を上げているそうで、客はそれを見てくれるようになったが、それでもふらりとやって来る者は多い。そして、扉を見るなり、回れ右している。そうした客の姿は少し残念そうではあるが、慣れた様子だ。

高屋は窓の外を眺めながら、ぼんやりとそんなことを思う。

自分の向かい側には、母が座っている。

少し離れたところにマスターと京子、そして柊がこちらを窺っていた。

今日の午後、耕書出版大阪支社で、いつものように仕事をしていると、職場に母から電話が入った。

船岡山珈琲店に、騒ぎ立てたお詫《わ》びをしたいという。

珈琲店にも連絡し、母は夕方五時に訪れた。

母は店に入るなり、迷惑をかけたことをお詫びし、今に至る。

向かい合って座りながら、何も話さない母に高屋は、どうしたものかとぼんやりしていたところ、バックヤードから桜子がやってきた。

彼女が相変わらずのツインテール姿であることに、高屋は少しホッとする。

桜子は、母の方を見ると、ぺこりと頭を下げた。

「高屋さん、私……無神経で失礼なことを言って、申し訳ございませんでした」

母は驚いた様子だったが、すぐに微笑んで、ううん、と首を振った。

「私こそごめんなさい。あなたの言葉に逆上してしまって……」

そこまで言って母は、目を伏せる。

「あなたの言う通りだったから、耳が痛かったのよね」

ふぅ、と息をついて、母は顔を上げた。

「誠……、お母さんはどうやったら、あなたに許してもらえるのかしら？」

そう問われて、言葉が詰まった。

そんなこと、高屋自身にも分かることではない。

するとマスターが、コーヒーが載ったトレイを手に訪れた。

高屋と母の前にカップを置きながら、マスターは優しく問いかける。

「お母様は、何を焦っておられるんですか？」

母の肩が小さく震えた。

「焦るって？」

高屋は不思議に思って、母とマスターを交互に見る。

「高屋君のお母様は、何か急いでらっしゃるように感じるんですよ。なるべく早くに高屋君の許しがほしいのです」

高屋は訝《いぶか》しく思いながら、母を見た。

「そうなのですか？」

そう問うと母は顔を歪ませて、目をそらす。

その表情から母が何かを隠しているのが伝わってきた。

「もし、僕に本当に許してもらいたいと思っているなら、言ってください」

目を合わせてそう問うと、母が身を固くして、そっと口を開く。

「同じ職場の人にプロポーズをされたの……」

母のつぶやきを耳にするなり、柊の言葉が頭を過る。

——彼女は太陽も土星も乙女座だったしね——

「柊さん……」

高屋の呼びかけに、柊は驚いたように顔を上げる。

「母さんの太陽と土星が乙女座だという話、どういうことか教えてくれますか?」

柊はぎこちなく頷いて、立ち上がる。

「高屋君はもう知ってると思うけど太陽は表看板。高屋君のお母さんは、それが乙女座なんだ。正義と秩序を重んじて、真面目で几帳面で潔癖」

柊の話を聞きながら、母は大きく目を見開く。

で、と柊は話を続けた。

「お母さんの場合、土星も乙女座なんだよ。土星は人生の『試練』を指すともいわれているんだ。それが乙女座にある人は、自分にすごく厳しい。自分が完璧じゃないと許せないところがある。そして、できないと自分を責めてしまう傾向もある。お母さんはきっと家庭内の良くない出来事をすべて、自分のせいだと信じ込んでいたんじゃないかな」

母は絶句して、両手で口を覆う。

思えば、幼い頃、高屋が火傷や怪我《けが》をしたら、必ず『お母さんが悪かったのよ』と申し訳なさそうに言っていた。

父が浮気した時もきっと、自分を責め続けたに違いない。

『星の巫女』にのめり込んだのは自分がどうにかしなければ、ともがき続けた結果だったのかもしれない。

ありがとうございます、と高屋は柊に向かって会釈をし、母を見た。

「母さんは、僕に許してもらわなければ、幸せになる権利はないと思っていたんですね……」

母は俯いた状態で、体を震わせている。

「僕は彼に言ったんです。『君の中にまだ占星術を続けたい気持ちがあるなら、逃げずに向き合うべきだと思う。今後、君は誠実な占いをして、占いのイメージを回復させなきゃならない責任もあるだろう』と」

母は戸惑ったように顔を上げた。

「母さんもそうです。今後、あなたが誠実に幸せに生きていく姿を見て、僕はもしかしたら許せるかもしれない。だから……幸せになることから、逃げないでください」

母の目は大きく見開かれていた。

「あなたからの図書カード、受け取ってきました。ありがとうございました」

そう言うと、母は嗚咽《おえつ》を洩らして、泣き崩れた。

3

「高屋、やるじゃん、ちょっと見直した」

母が店を出て行った後、桜子は高屋の背中を力いっぱい叩いた。

コーヒーを飲みかけていた高屋は、ごふっ、とむせる。

君に見直されても、と高屋が目をそらしていると、桜子は前のめりになって耳打ちする。

「それより高屋、例のこと、明らかにしようよ」

彼女が何を言いたいのか、すぐに理解した。

美弥の正体が、京子ではないかということだ。

高屋は頷いて、京子の方を見る。

「なんやねん、二人して」

京子はぱちりと目を瞬かせて、高屋と桜子を見つめ返した。

「京子さん、お伺いしたいのですが」

うん？　と京子は小首を傾げる。

「『ルナノート』の公式作家・美弥さんは、あなたですか？」

そう問うと、柊が「ええっ？」とのけ反った。

だが京子はというと、

「ちゃうで」

あっさり答えて首を横に振る。

「えっ、違うの？」

すると京子の隣にいたマスターがいたずらっぽい笑みで、片手を上げた。

「かんにん、美弥はわたしやねん」

今度はえええっ、と高屋と桜子と柊は揃って、仰天の声を上げた。

「えっ、お祖父ちゃんが美弥なの？」

「せやで」

「マスター、本当ですか？」

「ほんまやで」

「でも、どうして、その……」

桜子、柊、そして最後に高屋がしどろもどろに訊ねると、マスターはいつもの紳士的な表情で胸に手を当てる。

「わたしは、いろいろなものに興味があると話したでしょう？　小説を書くのにも興味があったのです。真矢さんが手掛けている『ルナノート』はわたしも愛読していまして、公式サイトができて、小説を投稿できると知って、ちょっと女子高生になりきって書いてみることにしたんですよ。桜子の言動を参考にしながら、『ミヤ』と『ショウ』、つまり京子さんとわたしのもう一つの物語を妄想して書いていたんです」

桜子は呆然としたのち、驚いていない様子の京子に視線を送った。

「お祖母ちゃんは知ってたの？」

京子はこくりと頷く。

「本名登録のところに、私の名前を使わせてほしいて言うてきてな。また、ええ歳《とし》してしょうもないと思うてたんやけど、ほんまこの人は器用やわ。そやけど、建物の描写だけは我慢できひん。私が書いたんやで」

高屋は動揺を隠せず、マスターに詰め寄った。

「では、その、スランプになったというのは？」

それがな、と京子が口を開く。

「最後の展開は、ショウはミヤに冷たくしてるやろ？　ショウは不治の病なんやて。

それを知ってミヤを突き放すんや。そやけど、ミヤはそれを知らないし、つらい思いをする。そんな時、ミヤは多額の財産を受け継ぐお嬢様やさかい、命を狙われるんやけど、ショウが代わりに撃たれるんやて」

せやねん、とマスターは嬉しそうに拳を握る。

「『ショウ、私のために！』て動揺するミヤ。そこでショウは言うんや。『いいんだ。どうせ俺は長くない命。ミヤを護れて死ねるなんて本望だよ……幸せにな、ミヤ』、そこで腕がパタッやねん」

「腕がパタッて……」

その言葉を聞いて、マスターが美弥で間違いない、と高屋は妙な確信を得た。

「そやけど、私はそんな暗い展開は嫌やて言うたんや。ハッピーエンドがええて」

京子は口を尖らせて言う。

「ショウが死んだ方が絶対おもろいて。マルさんもそう言うてくれたで」

その言葉に、高屋はぴくりと眉を引きつらせた。

「マスター、マルさんって？」

「あんたのとこの丸川さんや。わたしが公式作家に決まった時、スマホに電話くれはってな。『京子さんかと思たら、マスターやったんかぁ』って大笑いや。それ以来、ちょくちょく連絡取り合ってるんやで。ついついいろんなこと話してしもて」

その言葉を聞きながら、高屋の中の点と点が線でつながっていく気がした。

マスターが公式作家となり、それがきっかけでマル編集長とつながった。

色々な話をしていくうちに、占いをやめた理由や、再開に至った経緯も伝えたのかもしれない。

つまり、かつてのヒミコが船岡山珈琲店にいるのをマル編集長は知っていたのだ。

高屋は、前の部署の上司、大平編集長にだけは、自分の過去を伝えている。

マル編集長と大平編集長は、同期で仲が良いという話だ。

『高屋君。大阪支社で君の人生が大きく開けるかもしれないよ』

大平編集長の言葉が、頭を過る。

そういうことだったんだ、と高屋は肩をすくめた。

「高屋君、どうかした？」

不思議そうに訊ねる柊に、なんでもないです、と高屋は小さく笑って首を振る。

「あの、マスター、それで結局、結末はどのように？　まだ決まっていないんですか？」

高屋が話題を戻すと、せやせや、とマスターは手を伸ばした。

「それが今朝降ってきたんや。ショウが難病だと知ったミヤは、ショウの病気を救ってくれるなら、決められた相手と結婚してもいいて言うんや。で、無事、手術が成功してショウが退院した時、ミヤの結婚式が行われていることを知る。そこでショウはバイクに乗って、結婚式場に駆け付ける——てとこで終わりやねん」

「えっ、それで、その後は？」と柊。

「そっから先は、読者に想像させる」

ええー、と柊は不満そうな声を上げたが、高屋はそういう余韻を持たせる終わり方は嫌いではなかった。

「大体、その先書いたら、まんま『卒業』て映画やな」

やれやれ、と京子が笑う。

「それより、私の頭はパニック状態なんだけど、なんでもいいから甘いものを出して！」

桜子はソファーにどっかりと座り、手と足を組んだ。

柊は、かしこまりました、と笑う。

「それじゃあ、当店特製プリン・アラモードでも」

わあ、と桜子は嬉しそうに目を輝かせる。

「桜子、書店を閉めて、智花さんも呼んできて」

了解、と桜子はバックヤードの中に入っていく。

「特製とは？」

大したことあらへん、と京子は言う。

「プリンが山の形をしていて『大』て書いてるんや」

「大文字山ですね」

「ちゃうで、高屋君、左大文字や」

京子とマスターの声が揃い、高屋の背筋が伸びる。

次の瞬間、店内に笑い声が響いた。

火星と金星の星座で自分の好みのタイプが分かる？

（女性は火星、男性は金星が何座かチェック）

牡羊座	行動力があり積極的で 自己主張がはっきりしている人
牡牛座	穏やかで感受性に優れ 大らかで美しいものを好む人
双子座	向学心、好奇心が強く、頭の回転が速い。 情報収集能力に優れている
蟹　座	包容力があり、気配り上手。 世話好きで家庭的
獅子座	華やかで誇り高く リーダーシップがある努力家
乙女座	才気に溢れ、観察眼、分析力が高い。 サポート力が高い
天秤座	社交的で、公平。 バランス感覚が優れた人
蠍　座	誠実で、洞察力、忍耐力に優れている。 知的な研究者タイプ
射手座	好奇心が強く、行動力があり、 遠くの世界に憧れを持つ自由人
山羊座	優しく真面目。礼儀、伝統を重んじる。 その一方で陽気な面も
水瓶座	都会的で独創性が高く、社交性があり、 我が道をいくタイプ
魚　座	感受性がとても強く、夢見がち。 温厚で優しい面も

参考文献など

ルネ・ヴァン・ダール研究所『いちばんやさしい西洋占星術入門』（ナツメ社）

ケヴィン・バーク　伊泉龍一／訳『占星術完全ガイド　――古典的技法から現代的解釈まで』（株式会社フォーテュナ）

ルル・ラブア『占星学　新装版』（実業之日本社）

鏡リュウジ『鏡リュウジの占星術の教科書Ⅰ　自分を知る編』（原書房）

鏡リュウジ『占いはなぜ当たるのですか』（説話社）

松村潔『最新占星術入門（エルブックスシリーズ）』（学研プラス）

松村潔『完全マスター　西洋占星術』（説話社）

松村潔『月星座占星術講座　―月で知るあなたの心と体の未来と夢の成就法―』（技術評論社）

石井ゆかり『月で読む　あしたの星占い』（すみれ書房）

石井ゆかり『12星座』（WAVE出版）

Keiko『Keiko的Lunalogy《ルナロジー》　自分の「引き寄せ力」を知りたいあなたへ』（マガジンハウス）

Ｋｅｉｋｏ『願う前に、願いがかなう本』（大和出版）

星読みテラス　好きを仕事に！　今日から始める西洋占星術
https://sup.andyou.jp/hoshi/

あとがき

講談社文庫では初めてお目見えします、望月麻衣と申します。

この場を借りて、今作の誕生秘話を語らせてください。

私は二〇一三年に投稿小説サイトが主催する小説賞を受賞し、二〇一四年に初刊行と相成り、デビューの運びとなりました。

西洋占星術を学び始めたのは、受賞の少し前のこと。

最初は、星の動きを意識して行動していたのですが、それだけで（たまたまではあるのですが）自分がみるみる開運していったんです。

星を知るというのは、天気予報を知るのと似ていて、生きやすいと感じました。雨が降るのは避けられなくても、知っていたら傘を持って出掛けられるのですから。

占星術の魅力を知った私は勉強を続けながら、「いつか占星術をテーマにした作品を書いてみたい」と思ってきました。

ようやく作品に取り入れられたのは、学び始めてから七年後の二〇二〇年。

『満月珈琲店の星詠《ほしよ》み』（文春文庫）という作品がそうです。

主に満月の夜に現れる不思議なトレーラーカフェには迷える人の「星を詠む」大きな三毛猫のマスターがいるという——人気イラストレーター・桜田千尋《さくらだちひろ》先生の世界観にインスパイアされて執筆した作品でした。

やっと西洋占星術をテーマにした作品を書けて嬉しかったのですが、私はまだまだ書きたかったんです。

『満月珈琲店の星詠み』はファンタジー要素が強かったので、次は、ご当地やお仕事などにからめた占星術を書きたいと考えていました。

なぜ、舞台が京都なのかというと、私は北海道出身ですが、現在は京都府在住。「よそ者視点」で京都を描き、第四回京都本大賞をいただけました。

そうしたこともあり、執筆のお仕事も「できれば京都を舞台で」と依頼を受けることも多いです。

いつも京都ばかり書いていたら、「他のものを書きたい」となる方もいらっしゃるかもしれませんが、私としてはむしろそれがありがたい。

取材もしやすいし、何より京都が大好きだからです。

講談社文庫の担当さんに「できれば京都で」と言われたわけではないのですが、京都を舞台に「ご当地・お仕事・成長・占星術」をテーマにした作品を書きたいと思いました。

タイトルはざっくり決まっていたんです。

『京都〇〇アストロロジー』

この〇〇の中は決まってなかったのですが、有力候補は「鴨川」でした。

鴨川の河原で星を眺める絵面《えづら》を思い浮かべていたんです。

ですが、私の代表作ともいえる『京都寺町三条のホームズ・16』（双葉文庫）で船岡山界隈《かいわい》を舞台にさせていただいたところ、京都市北区役所さんが大変喜んでくださいまして、拙著とコラボしてスタンプラリーやフォトコンテストなどを行ってくださったんです。

そうしたイベントはたくさんの方に参加していただけましたし、多くのお店にもご協力いただけました。

私自身、北区に何度も足を運びながら、皆さんの温かさに触れ、またここを舞台に書きたいと強く思ったのです。

そんな時、作中でも触れましたが、船岡山から珍しい星を観測することができると知り、山頂で星を眺める絵が鮮やかに浮かんだのです。

『京都船岡山アストロロジー』しかない!

強い想いと共に、このタイトルと舞台が決まりました。


北区船岡山界隈は、多くの人が知る「THE京都」という観光地とは、少し違っています。

もちろん名の知れた社寺や観光スポットはあるのですが、地元の人たちの生活がとても密接しているんです。

歴史と文化とごく普通の日常が共存している。

それは私にとって新鮮な魅力でした。


デビューしてから私は、様々なプロフェッショナルに出会えました。

優秀な編集者、敏腕営業マン、カリスマ書店員たち……。

本を出版するまで私は、書店の仕事は学校の図書委員のようにのんびりしていそう、等と偏《かたよ》ったイメージを持っていたのですが、それは大きな誤解でした。

書店は、朝から晩までやることが常にあって、とても忙しいのです。

本作を書くにあたり、知り合いの書店員さん数名を取材させていただいたのですが、あらためて多忙な一日を知り、驚きました。
そんななか、本を一冊でも多く売ろうと知恵を絞り、工夫を凝らしてくださっている。

本当に感謝でいっぱいです。

ちなみにマル編集長は、ある書店の店長さんがモデルです。マル店長をはじめ、取材に応じてくださった書店員の皆さま、本当にありがとうございました。

また、この作品も私の西洋占星術の先生・宮崎《みやざき》えり子さんが監修をしてくださいました。えり子先生、ありがとうございます。

『満月珈琲店の星詠み』のあとがきにも同じことを書かせていただきましたが、占星術の世界は対峙《たいじ》する人の数だけ解釈があります。本作品においては、先生に監修していただいたうえで、私の解釈で書かせていただいております。

もしかしたら、「私が知っている捉え方とは違う」と思われることもあるかもしれません。その時は正解・不正解という話ではなく、「この物語ではこういう解釈をしているのだろう」と受け流していただけたらと思います。

最後に、舞台となった京都市北区様、建物のモデルである『さらさ西陣』様、そしてこの本をお手に取ってくださったあなた様をはじめ、本作品に関わるすべての方に心より感謝申し上げます。

本当にありがとうございました。

望月　麻衣

本書は書下ろしです。

|著者|望月麻衣　北海道生まれ。2013年エブリスタ主催第2回電子書籍大賞を受賞し、デビュー。2016年「京都寺町三条のホームズ」シリーズが京都本大賞を受賞。他の著作に「わが家は祇園の拝み屋さん」シリーズ、「満月珈琲店の星詠み」シリーズなど。現在は京都府在住。

京都《きょうと》船岡山《ふなおかやま》アストロロジー

望月麻衣《もちづきまい》

2021年10月15日第1刷発行

発行者――鈴木章一
発行所――株式会社　講談社
東京都文京区音羽2-12-21　〒112-8001
電話　出版　(03) 5395-3510
　　　販売　(03) 5395-5817
　　　業務　(03) 5395-3615

Printed in Japan

講談社文庫
定価はカバーに
表示してあります

KODANSHA

デザイン―菊地信義
本文データ制作―講談社デジタル製作
印刷―――凸版印刷株式会社
製本―――株式会社国宝社

ISBN978-4-06-523355-9

講談社文庫刊行の辞

二十一世紀の到来を目睫に望みながら、われわれはいま、人類史上かつて例を見ない巨大な転換期をむかえようとしている。

世界も、日本も、激動の予兆に対する期待とおののきを内に蔵して、未知の時代に歩み入ろうとしている。このときにあたり、創業の人野間清治の「ナショナル・エデュケイター」への志を現代に甦らせようと意図して、われわれはここに古今の文芸作品はいうまでもなく、ひろく人文・社会・自然の諸科学から東西の名著を網羅する、新しい綜合文庫の発刊を決意した。

激動の転換期はまた断絶の時代である。われわれは戦後二十五年間の出版文化のありかたへの深い反省をこめて、この断絶の時代にあえて人間的な持続を求めようとする。いたずらに浮薄な商業主義のあだ花を追い求めることなく、長期にわたって良書に生命をあたえようとつとめるところにしか、今後の出版文化の真の繁栄はあり得ないと信じるからである。

同時にわれわれはこの綜合文庫の刊行を通じて、人文・社会・自然の諸科学が、結局人間の学にほかならないことを立証しようと願っている。かつて知識とは、「汝自身を知る」ことにつきていた。現代社会の瑣末な情報の氾濫のなかから、力強い知識の源泉を掘り起し、技術文明のただなかに、生きた人間の姿を復活させること。それこそわれわれの切なる希求である。

われわれは権威に盲従せず、俗流に媚びることなく、渾然一体となって日本の「草の根」をかたちづくる若く新しい世代の人々に、心をこめてこの新しい綜合文庫をおくり届けたい。それは知識の泉であるとともに感受性のふるさとであり、もっとも有機的に組織され、社会に開かれた万人のための大学をめざしている。大方の支援と協力を衷心より切望してやまない。

一九七一年七月

野間省一

講談社文芸文庫

磯﨑憲一郎
鳥獣戯画／我が人生最悪の時
解説＝乗代雄介　年譜＝著者
「私」とは誰か。「小説」とは何か。一見、脈絡のないいくつもの話が、〝語り口〟の力で現実を押し開いていく。文学の可動域を極限まで広げる21世紀の世界文学。
いAB1
978-4-06-524522-4

蓮實重彦
物語批判序説
解説＝磯﨑憲一郎
フローベール『紋切型辞典』を足がかりにプルースト、サルトル、バルトらの仕事とともに、十九世紀半ばに起き、今も我々を覆う言説の「変容」を追う不朽の名著。
はM5
978-4-06-514065-9

講談社文庫　目録

2021年9月15日現在